Le
bleu
du
ciel

棱镜精装人文译丛

主编 张一兵 周宪

天空之蓝

Le
bleu
du
ciel

GEORGES
BATAILLE

〔法〕乔治·巴塔耶 著　施雪莹 译

南京大学出版社

目 录

前言 / 1

引言 / 7

第一部分 / 21

第二部分 / 25

 噩兆 / 27

 母性之脚 / 46

 安东尼奥的故事 / 93

 天空之蓝 / 105

 死者之日 / 148

译后记 / 171

致安德烈·马松(André Masson)

前言

或多,或少,人都悬于**故事**中,悬于小说里,由它们为之揭露生活多面的真实(La vérité multiple)。只有这些读来时而令人心神不安的故事,才能让他直面命运。所以我们必须怀抱热烈的情感去探求**故事**可能的面貌——探求如何将努力付诸小说的革新,抑或更甚,付诸小说的永生中去。

以不同的技巧削弱对已知形式的厌怠之感,确实为许多人孜孜追求。但我不明白——如果我们想知道小说可能的样子——如何能不首先了解并确定一个基准。揭示生命种种可能的故事不一定发出呼唤,但当它呼唤,便会激起一阵狂暴,失了这份激情,故事的作者就会对任何超越界限的可能视而不见。我相信:只有令人窒息的、不可完成的挑战,才能让作者找到途径,到达极目之外的彼方,那正是疲于世俗陈规所圈定的有限此间的读者所期待的。

我们如何还能流连于作者早已敏锐地超越了的那些书本之间呢?

我想提出这个原则。我放弃为之证明。

我要做的只是给出一些契合我论断的书目(寥寥数本……我还可以举出其他,但无序本身就是我意愿的尺度):《呼啸山庄》《审判》《追忆逝水年华》《红与黑》《欧仁妮·德·弗朗瓦尔》《死刑判决》《萨拉辛》《白痴》①……

我想以沉重的文字表达自我。

但这并非在暗示单凭狂怒的爆发或苦难的考验就足以确保故事所蕴含的揭示的力量。我这么说不过意在言明《天空之蓝》中种种骇人的异常之举都源于当时撕扯我的苦难。失常是《天空之蓝》的根基。但我从未觉得这个源头有足够的分量,所以1935年结稿后,我放弃了出版计划。现在,1957

---

① 《欧仁妮·德·弗朗瓦尔》由萨德侯爵所作(收录于《爱之罪》);《死刑判决》系莫里斯·布朗肖所写;《萨拉辛》系巴尔扎克的短篇小说,相对不为人所知,但确是其作品中数一数二之作。——作者注

年,读过手稿并为之动容的朋友们希望我能发表这部作品。我最终决定相信他们的判断。不过我自己多少已经把这部作品遗忘了。

1936年起,我就决心不再想它。

更何况,在此期间,西班牙内战与世界大战的爆发,都让与这本小说情节相关的历史事件显得微不足道:在悲剧本身面前,又怎会有人去关心预示它的征兆呢?

上述原委与小说本身给我带来的不满与不适相吻合。但这些情况现在都变得很遥远了,以至我可以说是在事件最炙手可热时写下的故事,也同其他故事一样,统统成了作者刻意置于某段不值一提的过往中的选择。今时今日,我的精神状态已与这本书出现时大相径庭;不过到头来,这个当时具有决定性的缘由,现在也显得无足轻重,我决定相信朋友们的判断。

引 言

伦敦巷末一家小馆,最是蛇虫鼠蚁混杂之地,地下室里,嘟蒂(Dirty①)醉了。她醉得彻底,我在她身旁(我的手还缠着绷带,是碎玻璃杯划的口子)。那天,嘟蒂身穿一袭华丽的晚裙(可我却胡子拉碴,头发蓬乱)。她伸开修长的腿,陷入一阵猛烈的抽搐。店里满是人,眼神愈发暗淡。这些茫然的人眼让人想起熄灭的烟头。嘟蒂双手抓着裸露的大腿。她咬紧脏兮兮的帘布不住呻吟。那么迷醉,那么美:她转动狂热的圆眼,直直盯着煤灯的光。

"怎么了?"她惊叫道。

刹那间,她猛然一颤,仿佛火炮发射,喷出云雾

---

① Dirty,英文有肮脏的意思,此处取音译。(本书注释若无特别说明,均为译者注。)

般的粉末。她像稻草人一样突出的双眼,流下一股泪水来。

"托普曼(Troppmann①)!"她又尖叫出声。

她看着我,眼睛越睁越大。她用纤长而肮脏的手抚过我受伤的头。我的前额发热,湿漉漉的。她呕吐般哭泣,胡乱祈求着。她的发丝在啜泣中被眼泪浸湿。

无论怎么看,这场令人作呕的狂欢的前景——随后该有野鼠围绕两具交叠在地的躯体打转——都配得上陀思妥耶夫斯基的风格……

醉酒让我们失控,醉酒让我们为最无望的执念寻一个无望的回答。

在被酒精完全夺去意识前,我们还是设法在萨沃伊酒店②找了间房。嘟蒂注意到电梯员很丑(制服倒挺漂亮,模样却像个挖墓人)。

她漫不经心地笑着和我讲这些。她说起话来

---

① Troppmann,男主人公姓氏与19世纪下半叶法国巴黎近郊著名的"庞坦灭门案"(Le Massacre de Pantin)的凶手让-巴普蒂斯特·托普曼(Jean-Baptiste Troppmann)相同。犯人1849年出生,1870年因谋杀一家八口而被送上断头台。案件在当时引起极大轰动,许多作家均曾将这一题材融入创作。

② Savoy Hotel,伦敦著名豪华酒店。

已经不很利索了,她说起话来像个醉了的女人。

"你知道,"她始终断断续续,摇摇晃晃打着酒嗝,"我还是个小鬼……我记得……我和妈妈来过这里……这儿……十多年前……那么说,我应该十二岁……我妈是过去那种高个儿老太太,英国女王那种……然后,就当时,出电梯的时候,电梯员,就刚才那个……"

"哪个?……这个?……"

"对啊。就今天这个。他没把电梯笼停好……电梯笼停太高了……她就顺着滚下去了……她啪嗒一声……我妈她……"

嘟蒂疯狂地大笑起来,她完全止不住地笑着。

我好一番搜肠刮肚,才对她说:

"别笑了。你的故事永远讲不完。"

她不笑了,开始大叫:

"啊!啊!我真是个白痴……我要……不,不,我把故事说完……我妈,她,一动不动……她的裙子翻过去……她长长的裙摆……像个死人……她不动了……他们抬她到床上……她开始吐……她醉到稀烂……可前一秒,你根本看不出来,这女人……就是条恶狗……她可吓人了……"

我觍着脸,对嘟蒂说:

"我想像她那样倒在你面前……"

"你会吐吗?"嘟蒂没有笑,她问我。

她吻进我的嘴。

"或许吧。"

我走进浴室。我苍白极了。毫无来由地,我久久打量镜中的自己:头发梳得马虎,几乎算是邋遢,面容浮肿,说不上丑,摆着张刚起床的人的臭脸。

嘟蒂一个人待在卧室,房间挺宽敞,被数盏顶灯照得通亮。她在踱步,停不住似的一个劲朝前走:她好像彻底疯了。

她衣衫半褪到了下流的地步,一头金发在灯光下散发出我所不能承受的光芒。

可她却给我一种纯洁的感觉——在她身上,就算在她的放荡里,都含着一股子天真,有时我甚至会想匍匐在她脚下:于之我心生畏惧。我见她站不稳了。她就要跌倒了。她一下子呼吸困难,像头野兽喘着气:她感到窒息。她那阴沉、情犹困兽的眼神会让我丧失理智。她止住了:她应该在长裙下扭动着大腿。她肯定是要发狂的。

她打铃召女佣过来。

引 言

不一会儿,进来位顶漂亮的女佣,棕红头发,面色鲜亮。她看起来被如此奢华的场所里一股罕见的气味冲得透不过气来:一股底层妓院的味道。嘟蒂已经不自己站着了,她靠在墙上,看上去非常痛苦。我不知道那一天她是从哪儿染上的廉价香水,但是,当时那种不堪言表的状态下,她还另散发着屁股与腋窝的酸臭,同香水混在一起,让人想起药的恶臭。她身上还有威士忌的味道,她时不时会反呕……

这个年轻的英国姑娘狼狈不堪。

"您,我要您帮忙,"嘟蒂对她说,"不过得先去把那个电梯员叫来,我有话和他说。"

女佣离开了,这次嘟蒂摇摇晃晃走去椅子边坐下。她很费劲地在身边的地上放了一瓶酒和一只酒杯。她的双眼越来越沉。

她用眼睛寻着我的位置,我不在那儿了。她慌了神。她绝望地喊着:

"托普曼!"

没人回答。

她起身,好几次几乎要摔倒。她走到浴室门口,看见我瘫在椅子上,既苍白又憔悴。恍惚间我又弄破了右手的伤口,我想用毛巾止血,但血很快流到了地上。嘟蒂,站在我跟前,用野兽般的双眼盯着我。我擦了擦脸,于是我的额头和鼻子上都沾满了血。电灯逐渐变得晃眼。难以忍受——这灯光刺得人眼乏。

有人敲门,女佣走了进来,后面跟着电梯员。

嘟蒂瘫倒在椅子上。我觉得似乎过了很久,她低着头双眼发空,问电梯员:

"1924年您在这里?"

电梯员说是。

"我想问您,有个上了年纪的高个女人……她下电梯时摔倒了,吐在地上……您记得么?"

嘟蒂说话时两眼发直,仿佛连嘴唇都是死的。

两个佣人神情颇为不安,时不时瞥一眼对方,彼此询问观察着。

"我记得,是这样的。"电梯员承认道。

(这个四十出头的男人长了张挖坟的无赖的脸,但他面上却润滑发亮,像是在油里浸过似的。)

"来杯威士忌?"嘟蒂问。

没人搭腔,那两人毕恭毕敬地站着,痛苦地等待着。

引 言

嘟蒂要来她的包。她的一举一动很是迟滞,过了好一会儿才将手伸到包里去。拿到后,她将一大把钞票往地上一扔,只说了句:

"分了吧……"

挖墓人这下找到差事。他拾起这些宝贝钞票,一张张高声数起来。一共二十张。他把十张给了女佣。

"我们可以告退了么?"过了一会儿,他问。

"不,不,还不行,我请您坐下。"

她看起来呼吸困难,脸上充血。两个佣人都站着不动,小心恭敬地观察着,但他们也脸红发慌起来,半是由于这笔小费数量着实惊人,半是因为眼前的情况难以置信、难以理解。

嘟蒂待在椅子上,默不作声。就这么过了半晌:房间里甚至可以听见每个人体内的心跳声。我走到门边,脸上糊着血,面色苍白又病态,不停地打嗝,快要吐了。两个佣人惊恐地看着一道水流沿着椅子和他们漂亮的说话人的腿流下来:尿形成一片水渍,在地毯上扩散开去,而年轻女孩的裙子下面则沉沉地发出了内脏舒缓的声音。女孩在椅子上,神情慌乱、满身通红、饱受折磨,像刀下待宰的猪羊……

面带厌恶、浑身颤抖的女佣得为嘟蒂清洗,后者看来倒重拾了平静与满足。她任由人擦洗身子、打上肥皂。电梯员则给房间通风,直到气味完全散去。

接着,他为我裹上绷带,给伤口止血。

终于,事情重归秩序,女佣理好衣物。嘟蒂清洗一新,喷上香水,比任何时候都美。她接着喝酒,她躺倒在床。她让电梯员坐下。他坐在她床边的扶手椅上。这一刻,酒醉让她完全放松下来,像个孩子,像个小女孩。

虽然她什么都没说,看起来也十分从容。

她偶尔会独自笑起来。

"跟我讲讲,"她终于对电梯员说,"在萨沃伊干了这么多年,您一定见过不少吧,各种丑事。"

"哦,也没那么多,"他答道,不过在这之前他一口吞掉杯中的威士忌,酒精似乎让他动摇了,放松了下来。"大体上,在这边,客人还是很规矩的。"

"哦,规矩,不是么,这是种生活方式:就好比我已故的母亲,在您面前摔个底朝天,还吐得您满袖子都是……"

嘟蒂突兀地大笑起来,笑声散入虚空,没有回音。

她接着说:"而且您知道他们为什么都很规矩么?因为他们没胆,懂么,他们怕到牙齿打战,所以他们才什么都不敢表现出来。我能感觉到这些因为我也是,我也没胆,没错,您看,伙计……连您我也怕。我吓得要死……"

"夫人要喝杯水么?"女佣窃窃地问。

"该死!"嘟蒂粗暴地回答,她朝她吐舌头,"我呀,我病了,听清楚了,而且我脑子里老有个念头,在我这儿。"

然后是:"您当然无所谓,可这让我恶心,懂吗?"

我轻轻用个动作打断了她。

我边喂她喝口威士忌,边对着电梯员说:

"承认吧,要是您的话,非掐死她不可!"

"你说得对,"嘟蒂大嚷道,"瞧这双大爪子,这双猩猩爪子,和那玩意儿一样全是毛。"

"但,"电梯员站起身,一脸惊恐地反驳道,"夫人知道我听她差遣。"

"不,蠢货,搞清楚,我才不要你那东西。我恶心。"

她打着嗝咯咯笑起来。

女佣快步端来个盆子。她表现得极度恭顺,且相当真诚。我坐着,没精打采,面如死灰,而且越喝越多。

"而您,那边那位,老实姑娘,"嘟蒂说,这次转过头对着女佣,"您自慰,您看着橱柜里的茶壶好过上家庭生活。我要有您这模样的屁股,我肯定把它露给所有人看。不然,有人准会羞得要死,总有一天,有人会在挠痒的时候自己找到那个洞去。"

我一下子惊惶地对女佣说:

"朝她脸上洒点水……您也看到她热了。"

女佣很快便忙了开去。她在嘟蒂额上放了条湿毛巾。

嘟蒂艰难地移到窗边。她看着身下的泰晤士河,还有远处伦敦最可怖的几座建筑,在黑暗中显得巨大无比。她很快就吐在了外面。她缓过来,开始唤我,我摸着她的额头,眼睛盯着窗外肮脏的下水道、河流与码头。酒店旁边,奢侈华丽、灯火辉煌的建筑——傲然现身。

望着伦敦,我几乎哭出声来,迷失在焦虑之中。

当我呼吸着新鲜空气,儿时的记忆,像是和我一起玩空竹和鸽子飞①的女孩子,就和眼前电梯员猩猩般的双手融在了一起。更何况,眼下发生的一切于我都无关紧要,隐约是可笑的。我自己也是空虚一片。想用新鲜的丑事来填补这片虚无根本无济于事。我觉得自己无能又卑鄙。闷阻而漠然的状态下,我陪嘟蒂一路走上街。嘟蒂牵着我。但我想象不出还有人能更像一叶小船,随波逐流。

焦虑不给躯体片刻放松的机会,唯有这个缘由才能解释一桩绝妙的本事:我们随时都能放任自己屈从于任何欲望,管他在什么封闭空间,萨沃伊的卧室也好,妓院也罢,哪儿都行。

---

① 原文为斜体。Pigeon vole,鸽子飞是一种多人游戏,大致规则如下:一位参与者随机说出不同物体的名称,后面均跟一个"飞"字(例"兔子飞""鸽子飞""鞋子飞"等),当所说事物确实会飞时,其他人应举手。未能及时举手或在说到不会飞的物体时举手则视为失败。

第一部分

我知道。

我将不堪地死去。

今天,对着与我相连的唯一存在,我甘心做个骇人、恶心的东西。

我想要的,是嘲笑者所能遭遇的最坏的事。

"我"所在的那个空脑袋早就惊慌失措,贪得无厌,唯有死亡才能让它满足。

几天前,我来到——在现实中,而非噩梦里——一座好似悲剧布景的城市。一天晚上——我这么说无非是用更凄惨的法子一笑——我倒没有独自醉着看两个老鸡奸者转着圈儿起舞,在现实中,而非梦里。午夜,骑士长走进我的卧室,下午我曾经过他的墓碑,出于傲慢,我戏谑地向他发出邀请。他不期而至,令我惊恐万分。

面对他,我战栗不已。面对他,我是无主的游魂。

在我身边躺着第二名受害者,她的双唇令人作呕,像是死人嘴巴。她的嘴里淌下比血还恐怖的涎沫。从那日起,我就被判了刑,困在这份我拒之不及,再也无心忍受的孤独里。可要想重复邀约,只需一声尖叫,若是我听信了这份盲目的怒火,最后离开的便将不再是我,而是这具老人的尸骸。

从这卑鄙的折磨里,再一次长出始终不灭、悄然蛰伏的傲慢,起先是缓慢的,然后突然爆发,它让我盲目,让我炽烈地投入到一种罔顾理性的真切的幸福中去。

此刻,幸福让我迷醉,幸福让我烂醉如泥。

我嘶喊它的名,我扯开喉咙将它歌唱。

在我痴愚的心里,痴愚放声高歌。

我胜利了!①

---

① 原文为大写字母。

第二部分

噩　兆

1

在我生命中最不幸的那段日子里,我经常和一个女人见面——理由难说正当,也不带一丝欲望诱惑。这女人唯一吸引我之处是她的荒唐:仿佛是我的命运迫使我在这般境地里找来一只不祥的小鸟为伴。五月,我从伦敦回来,神志涣散,精神躁郁,几乎是病态的,但这女孩很奇怪,她全然没有察觉。去年六月我离开巴黎去普吕姆①找嘟蒂,接着,躁怒不堪的嘟蒂又离开了我。回来以后,我就再没办法长时间保持得体的态度。一逮到机会我便去和"不

---

① Prüm,系德国西北部一座城市,靠近德国与卢森堡边境。

祥之鸟"见面。但也有几次我当着她的面便发起狂躁的疯来。

为此她很是担心。有一天,她问我怎么了,晚些时候她对我说她觉得我随时会疯掉。

我很生气。我回她:

"什么事都没有。"

她坚持:

"我理解您什么都不想说,可能现在我让您一个人待会儿比较好。您太激动了,不适合考虑这些计划……但我还是要说,我很担心……您打算怎么办?"

我看向她的眼睛,毫无一丝决然。我看来八成魂不附体,像是要摆脱某个顽念,却无法逃离。她转过头。我对她说:"您大概猜我喝了酒?"

"不,怎么?您喝么?"

"经常。"

"我说不准(她把我当个正经人,甚至是顶正经的那种,况且对她来说,酗酒与其他要求是不相容的)。只不过……您看来精疲力尽了。"

"还是回到计划上来吧。"

"您显然太累了。您坐着,但好像马上就要倒了……"

"没准会的。"

"怎么了?"

"我会疯掉。"

"为什么?"

"我难受。"

"我能做点什么?"

"不能。"

"您就不能和我说说您到底怎么了?"

"我觉得不行。"

"那您发封电报叫您妻子过来吧。她也不一定非得待在布莱顿吧?"

"不,而且她已经给我写过信了。她最好别来。"

"她知道您现在这个状态么?"

"她也知道她对此无能为力。"

这女人很困惑:她应该觉得我既烦人又软弱,不过又相信她眼下的任务是帮我走出这种状态。终于,她横下心强硬地对我说:

"我可不能就这么放着您不管。我得送您回家……或者去您朋友家……听您的……"

我没吱声。那一刻,在我脑子里,所有事情都开始暗淡下去。我已经受够了。

她一路送我回到家。我再没说过一句话。

2

我通常在证券交易所①后面的一家酒吧餐厅见她。我让她和我一道用餐。我们总要花大功夫才能吃完一顿饭。时间全用在了讨论上。

女孩二十五岁,生得丑,还很邋遢(从前和我出去的女人正相反,个个穿得讲究又漂亮)。比起名字,她的姓拉扎尔(Lazare)倒更符合她这付阴沉可怖的模样。她古怪,甚至相当滑稽。我也说不清自己为什么对她感兴趣。八成是精神错乱。至少,我在交易所碰见的朋友们是这么认为的。

眼下她是能让我摆脱衰颓的唯一存在:她刚走过酒吧大门——入口处,她黑不见骨的身影,在这通向好运与财富的场所里,好似象征不祥的愚笨幻影——我起身,将她引到桌边。她穿着黑衣服,裁

---

① La Bourse,前巴黎证券交易所,位于塞纳河右岸的巴黎第二区(巴黎主要商业区之一)。

剪糟糕、满是污渍。她好像从来看不见眼前的东西,走路总是撞到桌子。她没戴帽子,一头笔直的短发,梳得很乱,像脸颊两边长了对乌鸦翅膀。她有只皮肤发黄的犹太瘦女人的大鼻子,从钢架眼镜下的翅膀间冒出头来。

她恼人:说话速度慢,语调泰然,仿佛精神已超然世外;疾病、疲乏、贫困或死亡在她眼中都算不得什么。她事先假定别人身上都有种最为平静的漠然。她之所以迷人,既因为她头脑清醒,又因为她满脑子幻觉。我给她足够的钱印一份微型月刊,她觉得这杂志很重要。她在里面为共产主义辩护,不过理念却和莫斯科的官方共产主义相去甚远。大部分时间里,我把她当个积极的疯子,而我,不过是不怀好意、为了寻乐子才加入她的游戏。我猜,我关注她,是因为她的激动昂扬与我的私生活一般失常、一般贫乏,同时也一般错乱。最吸引我的要数那种病态的渴望,它怂恿她为了被压迫者的事业献出生命与鲜血。我想,这定是不洁处女的贫瘠之血。

3

拉扎尔送我回去。她进到我家里。我叫她等一下,我妻子有封来信等我去读。信有八或十页纸。我的妻子告诉我她无法继续下去。她为失去了我自责不已,但发生的一切都是我的错。

这封信让我慌了神。我努力不哭,但没忍住。我一个人到洗手间哭。我停不下来,所以出来的时候,我还在擦不断流下的眼泪。

我给拉扎尔看我湿透的手巾,对她说:

"太可悲了。"

"您妻子出了什么事吗?"

"不,别在意,我现在昏头昏脑的,但也说不清有什么理由。"

"真的没事吗?"

"我妻子给我讲了她做的一个梦……"

"什么样的梦?……"

"没什么要紧的。您想知道可以自己看。不过,您可能不会明白的。"

我递给她埃迪特(Edith)信中的一页(我不觉得拉扎尔看得懂,但我想她会吃一惊)。我告诉自己:

或许是我太把自己当回事,但这是难免的,无论拉扎尔,我,还是随便什么人。

我让拉扎尔读的那一段与信中触动我的东西毫不相干。

"昨晚,"埃迪特写道,"我做了个没完没了的梦,它沉重,让我无法承受。我把它讲给你听,因为我害怕自己一个人把它留在心里。

"我们俩和好几个朋友在一起,后来有人说,如果你出去,就会被杀掉。因为你写了那些政治文章……你的朋友们觉得这没什么。你没说话,但你整个人变得通红。你当然不想被杀,可你的朋友们拉着你,你们就全出去了。

"突然有个男人要来杀你。要动手,他得先点亮手中拿的灯。我走在你身边,而那男人为了让我明白他要杀你,开了灯——灯里射出一枚子弹,击穿了我。

"你和一个年轻女孩在一起,就在那一刻,我明白了你想要的是什么,于是我对你说:'既然有人要杀你,至少趁你还活着,和这姑娘去房间做你想做的事吧。'你回我说:'我很愿意。'你和年轻女孩进了屋。后来,男人说时间到了。他又开了灯。第二枚子弹朝你飞去,可我却觉得中弹的人是我,对我来说一切都结束了。我用手摸了摸喉咙:脖子上温热又黏稠,都是血。太可怕了……"

我挨着正在读信的拉扎尔坐在长沙发上。我努力控制自己,可还是哭了出来。拉扎尔不懂我为什么要为了这个梦哭泣。我对她说:

"我不能把一切都告诉您,可是,我在所爱的人面前就像个懦夫。我妻子一心一意对我。为我她几乎发了疯,我却背叛了她。您知道吗,我在读她梦见的这个故事的时候,想起我的所作所为,我就恨不得有人杀了我……"

拉扎尔当时看我的眼神就好像有人看到了远超乎其意料之物。这个平时无论思考什么都眼神坚定而确信的女孩,却突然狼狈起来,她僵住一般一个字也没说。我直视着她,但泪水却不受控制地从眼里流出来。

一阵眩晕袭来,一种幼稚的、倾吐的渴望攥住了我:

"我要告诉您一切。"

我带着泪说。眼泪流过我的脸颊,落进我嘴里。我突然不顾一切地向拉扎尔说起自己在伦敦和嘟蒂做过的所有难以启齿之事。

我告诉她甚至在此之前,我就已经以各种方式背叛了妻子,而且我已经对嘟蒂着了魔,当我发现自己失去她时,我觉得什么都无法忍受。

我把一生倾诉于这位贞洁之女。对这样一个女孩(丑陋如她只能以可笑的方式忍受生活,被逼得既禁欲又死板)说这番话是无耻的,我为此感到羞愧。

我从未和任何人说过我身上发生的一切,而每一句话都像是种怯懦,不断羞辱着我。

4

表面上,我说话时一副可怜相,显得很羞愧,其实我作了弊。在拉扎尔这样的丑姑娘面前,打心底里,我始终是带着玩世不恭的不屑的。我对她说:

"我来告诉您为什么事情很糟,这原因您听着肯定很费解。我从没有过像嘟蒂那么美、那么诱人的女人,她让我彻底昏了头,可到了床上,对着她我却不行……"

我这番话拉扎尔一个字都没懂,她发了恼。她

打断我:

"可是,如果她爱您,这也没那么糟吧?"

我哈哈大笑,又一次,拉扎尔表现出局促不安。

"您别说,"我对她道,"没人能编出比这更有教育意义的故事了:放荡男女仓皇失措,只沦落得彼此恶心。好吧……我还是好好说下去,我不会和您细讲,但想理解我们并不难。她和我一样习惯了无度放纵,装模作样不可能让她满意。"(我几乎是低声说出这些话。我觉得自己很蠢,但我需要诉说;无边的绝望——无论多么愚蠢——让拉扎尔的存在变得必要。她在,我就不那么迷惘。)

我解释说:"这不难理解。我弄得浑身是汗。时间白白过去。到最后,我耗尽了所有力气,但精神的枯竭更可怕。对她、对我都一样。她是爱我的,可最终,她呆呆地望着我,挂着一抹难以捉摸,甚是苦涩的微笑。我让她兴奋,她也让我兴奋,可到头来我们只是令彼此恶心。你明白吗,我们变得令人作呕……什么都做不成了。我完全迷失了,而且那一刻,我只想一头跳进铁轨去……"

我停顿片刻,接着说:

"有股尸体的余味挥之不去……"

"这话什么意思?"

"特别是在伦敦……我在普吕姆和嘟蒂见面的时候,我们都同意这种事不能再发生了,但有什么用呢……您想象不到事情能荒唐到什么地步。我问自己为什么只有和她在一起不行,而不是其他人。当我蔑视一个女人时,事情从来很顺利,比如妓女。可是,只要和嘟蒂在一起,我就只想跪倒在她脚前。我太崇敬她了,我崇敬她正因为她完全迷失于声色犬马。这一切对您来说大概都很难理解吧……"

拉扎尔打断我的话:

"确实,我不懂。在您眼里,放荡让以此谋生的妓女一文不值。我不明白为什么放荡就能让这女人高尚起来……"

拉扎尔说"这女人"时流露出的一丝轻蔑之情让我陷入说不清道不明的荒唐感中。我看了看这可怜姑娘的双手:指甲满是污垢,肤色灰如死尸。我突然想到她从某个地方出来之前大概没好好洗过……其他人也许无所谓,但拉扎尔在生理上令我反感。我面对面看着她。焦虑之中,我觉得自己被逼上了绝路——正在变得半疯半傻——这事既可笑又可怜,好像我有一只乌鸦,一只不祥之鸟,一个垃圾吞噬者栖在手腕。

我想,这下她终于可以名正言顺地鄙视我了。我看一眼自己的手,它们被太阳晒黑了,很干净;我淡色的夏装很整洁。嘟蒂的手通常让人眼花缭乱,指甲涂成鲜艳的血红。我何苦委屈自己受这等残次品的气,何况她还对别人的幸运不屑一顾。我准是个懦夫、蠢货,不过这一点,在当时那种状态下,我倒是轻而易举便承认了。

5

当我回答她问题的时候——我等了很久,像是完全呆住了——我所想的不过是借这相当缥缈的存在,躲过残酷无情的孤独。虽然模样可怕,但在我眼里,拉扎尔几乎是个幻影。我对她说:

"嘟蒂是这世上我唯一倾慕的人……(从某种程度而言,我撒谎了:她可能不是唯一一个,然而,在更深层的意义上,这是真的。)"我又说,"她非常富有,这让我兴奋不已;这么一来她就可以当面唾弃他人。我敢说,她一定是瞧不起您的。这和我可不一样……"

我试着微笑,疲倦让我脱力。但和我的期望相

反,拉扎尔听任我说这些话,并没有低下头去:她变得很淡然。我接着说:

"现在,我还是都说出来吧……只要您愿意,我把一切都告诉您。有一次,在普吕姆,我甚至幻想过我和嘟蒂不行是因为我有恋尸癖……"

"您说什么?"

"正常的话。"

"我不懂……"

"您知道恋尸癖是什么意思。"

"为什么要嘲笑我?"

我烦躁起来。

"我没有取笑您。"

"这是什么意思?"

"没什么意思。"

拉扎尔几乎没什么反应,好像这不过是个孩子自以为是的恶作剧。她反问我:

"您试过了?"

"没有。我从没到过那一步。我唯一做的是,有天晚上,我路过一间公寓,里面的老妇人刚死——她躺在床上,和其他女人并无二致,两旁各有一根大蜡烛,手臂沿身侧摆着,但手没有交叉。

夜里,房里没人。那一刻,我明白了。"

"什么?"

"我醒来时将近凌晨三点。我想去有尸体的房间。我吓坏了,我一个劲儿发抖,可还是待在尸体面前。最后,我脱掉了睡衣。"

"您做到哪一步?"

"我没有动,我太混乱,完全昏了头;我只是看着,就这么远远地来了。"

"那女人依然美么?"

"不。完全枯萎了。"

我以为拉扎尔会生气,她却冷静得像是聆听忏悔的牧师。她只是简单地打断我:

"这解释不了您为什么不行。"

"不对。至少,和嘟蒂在一起的时候,我觉得这就是答案。不管怎样,我清楚妓女对我的吸引力与尸体相似。这么说来,我也读过类似的故事,某人让妓女们用粉把身体涂得苍白,装成尸体躺在蜡烛中间,但问题不在这里。我和嘟蒂说过可以怎么做,而她对我大发脾气……"

"既然她爱您,为什么不肯扮成尸体呢?我猜,这等小事是不会让她却步的。"

我打量拉扎尔,惊诧于她在这件事上的直白,我有点想笑:

"她不是退却了。再说,她本就白得像个死人。尤其在普吕姆的时候,她差不多是病了。有一天她甚至想让我去找个天主教神父过来,她打算接受涂油礼①,在我面前模拟临终时刻,但这种闹剧我是无法容忍的。它当然可笑,可也格外骇人。我们再也坚持不下去了。有天晚上,她浑身赤裸躺在床上,我站在她旁边,也一丝不挂。她想刺激我,就和我说尸体的事……但没用……我坐在床边,开始哭泣。我对她说我就像个可怜的白痴,我瘫倒在床边。她愈发苍白:她冒冷汗……她的牙齿开始打战。我摸了摸,她身体冰凉。她眼睛发白。她看着可怖极了……我当即全身发抖,仿佛宿命已经扼住我的手腕,用力扭扯好逼我叫出声来。我太害怕了,哭都哭不下去。我嘴唇发干。我套上衣服。我想把她抱在怀里和她说话。她厌恶地推开我。她真的病了……

"她吐在地上。不瞒您说,我们喝了一整

---

① 基督教的一种宗教仪式,信徒将死之时,由神父在其额上涂圣油。

晚……威士忌。"

"当然。"拉扎尔插道。

"怎么'当然'了?"

我怨恨地看向拉扎尔。我接着说:

"事情就这么结束了。那一夜之后她就再也受不了我碰她了。"

"她离开您了?"

"没有立刻走。我们甚至还在一起住了好些天。她告诉我她对我的爱没有减少;相反,她觉得与我连在一起,但她嫌我,一种不由自主的嫌恶。"

"那种情况下,您没法指望还能继续下去。"

"我什么都指望不了,但一想到她会离开我,我就完全没了主意。我们之间已经发展到若是约在房间里碰面,先来的那个就会以为房间里有个死人。我们来来去去,一言不发。有时候,极个别时候,我们会相互注视。这又怎么可能继续下去呢?"

"可你们是怎么分开的?"

"有一天她告诉我她该走了。她不愿说出她去哪儿。我求她让我陪着。她回答说,也许吧。我们一路到了维也纳。在维也纳,我们找了车去酒店。车停下,她叫我安排住宿的事,然后在大堂等她,她要先去趟邮局。我让人取了行李,她继续坐车。她走了,什么话也没说,我觉得她已经丢了魂。我们很早就说好一起去维也纳的,我还把护照给她让她帮我取信。况且,我们所有的钱都在我包里。我在大堂等了三小时。时间是下午。那天风大,云很低,可人觉得闷,天非常热。她显然是不会回来了,那一刻,我感到死亡向我逼来。"

这一次,盯着我的拉扎尔似乎被触动了。我收住话头,她自己却很是仁慈地让我告诉她发生了什么。我说了下去:

"我由人把我领进房间,里面有两张床和她所有的行李……我敢说死亡正跑进我的脑袋……我记不清自己在房里做了什么……有一刻,我走到窗边,打开窗子——风声呼号,暴雨将至。街上,就在我身前,有一条长长的黑色燕尾旗。旗子足有八或十米长。风已经把旗杆掀了一半,旗子仿佛在扑打着翅膀。它没掉,它在风中喀啦作响,在屋顶的高度发出巨大的响声;它不断扭曲着形状,仿佛淌过白云的一道浓墨。这段插曲在我的故事里未免突兀,但对我而言却像个墨袋在脑中慢慢打开,这一天,我毫不迟疑要立刻死去,我往下探了一眼,可楼下有阳台。我把窗帘的拉绳绕在脖子上,它看来够结实——我踩上椅面,系好拉绳,然后我想给自己个交代。我不知道等我一脚踢翻了椅子还能不能救回来。可我解掉绳子,从椅子上下来了。惯性让我摔在地毯上。我哭了,声嘶力竭……最后,我又站起身来,我记得头很沉。我保持着可笑的冷静,与此同时,我觉得自己快疯了。我重新站起身,借口去直面命运。我回到窗边——黑旗依旧,但大雨倾盆;天色阴沉,有闪电划过,天空响起一声巨大的雷鸣……"

这一切都不再吸引拉扎尔了,她问我:

"您那条黑旗是哪来的?"

我存心要惹她不快,许是赧于自己像个自大狂般自说自话。我笑着对她说:

"您知道故事里唐璜出场时铺在晚餐桌上的黑桌布么?"

"这和您那面旗有什么关系?"

"没有,只不过桌布是黑色的……挂燕尾旗是为了悼念陶尔斐斯[①]之死。"

---

① Dollfuss,全名恩格尔伯特·陶尔斐斯(1892—1934),曾任奥地利总理,1934 年 7 月 25 日于维也纳被奥地利纳粹分子射杀。

"刺杀事件发生的时候您在维也纳?"

"不,在普吕姆,我是第二天到维也纳的。"

"您在现场,一定很受触动吧。"

"不。"(这个丑陋的疯姑娘对她所关心的问题的执着让我害怕。)"况且,就算仗真的打起来了,也是对我脑中所想之事的回应。"

"可战争怎么可能回应您的思想呢?打仗了您很满意么?"

"为什么不呢?"

"您觉得战争会带来革命?"

"我说的是战争,我没说接下来的事。"

比起我能告诉她的其他一切,我方才所讲的刚刚以最粗暴的方式让她震惊。

母性之脚

1

我和拉扎尔见得不那么频繁了。

我的生活愈发偏离轨道。我四处寻酒喝,我漫无目的地游荡,末了,叫辆出租车送我回家。坐上车的后座,想起自己弄丢的嘟蒂,我失声痛哭。我已经不再痛苦了,更没有丝毫不安,脑中只觉得彻头彻尾的愚蠢,仿佛这种幼稚永远不会结束。我不敢相信,自己为了挑衅命运,曾经有过多么荒谬的想法——我想到自己从前表现出的嘲弄与勇气;可所有这些现在只让我觉得自己是个白痴,或许颇让人动容,但终归是可笑的。

我仍会不时想起拉扎尔,每一次,这都让我猛然一惊——极度疲乏中,她于我就如同维也纳可怖的黑色燕尾旗,有着相似的意义。关于战争,我们有过零星而不快的交谈,自那之后,我便不再仅仅把这些噩兆视为我个人生存的隐忧。我在其中看见更为巨大的威胁,悬于整个世界上空……或许将可能爆发的战争与拉扎尔联系在一起是毫无根据的,恰恰相反,拉扎尔宣称自己厌恶与死亡有关之事。然而,她身上的一切,她莽撞、梦游般的步态,她说话的口气,她让四周安静下来的能力,还有她对牺牲的渴望,都让人觉得她已经和死亡签订了契约。我觉得,这样的存在,只有对命中注定遭遇不幸的人和世界才有意义。某天,我的脑中突然一片清明,当即下决心摆脱我与她关注中的所有交集。这场不期而来的了断有它可笑的一面,正与我生命中的其余事物一般模样。

振奋于这个决定,我满心欢喜,步行从家里出发。我走了许久,最终在花神咖啡馆①外的露天座位败下阵来。我坐下,同桌的人我都不太熟悉。我

---

① Café de Flore,位于塞纳河左岸,巴黎第六区圣日耳曼大道和圣伯努瓦街街角,是巴黎最著名的咖啡馆之一,有许多文人墨客在此留下足迹。

觉得自己不受欢迎,但没有离开。其他人用极尽严肃的口吻,谈论发生过的、需要知道的消息——在我看来他们统统不切实际又脑袋空空。我听他们聊了一小时,没说几句话。然后我走到蒙帕纳斯大道①,进了车站右手边一家餐厅,我坐的是露天座位,吃了我能点到的最好的东西,同时我开始喝红酒,喝了太多。我快吃完的时候,天已经很晚了,但这时来了一对母子。母亲年龄不大,依然迷人而纤细,身上散发着从容的魅力,这无关紧要,但因为我正想着拉扎尔,这个女人便赏心悦目起来。她看来还很富有,情况就越发如此。她的儿子在她身前,年纪很轻,几乎不开口,穿着一套奢华的灰色法兰绒西装。我要了杯咖啡,点了烟。我听见一声凄厉的惨叫,尾音拖得长,像一声喘息,这让我吃了一惊——有只猫方才扑向了另一只的喉咙,就在露天座位四周装饰的灌木丛边,恰好在我观察的两位食客的桌子底下。年轻母亲站在原地发出一声尖叫,她脸色发白。她很快反应过来声音是猫而不是人的,笑出了声(她并不滑稽,只是单纯)。服务员和

---

① Boulevard du Montparnasse,位于塞纳河左岸,巴黎第十四区,邻近蒙帕纳斯火车站。

老板走了出来。他们笑着说这是一群猫中最凶猛的一只。我自己也和他们一起笑了。

此后我离开餐厅,自觉心情不错,可当我走上一条清冷的街,不知何去何从时,我开始哭泣。我止不住痛哭,我走了很久,最后远远走到我住的那条街。当时,我一直在哭。我前面有三个女孩和两个男孩,吵吵闹闹,放声大笑,姑娘不漂亮,可毫无疑问,既轻浮又兴奋。我止住哭声,跟着他们走到我家门口,喧闹声刺激着我,以至于我没有进门,而是故意半路折返。我拦下一辆出租车,让司机带我去塔巴林舞场①。我进去的时候,舞台上恰好有群舞女,几乎一丝不挂,她们中好几个既漂亮又清新。我挑了舞台边的位置坐下(我拒绝任何其他座位),可场内坐得满满当当,而我椅子下面的地板又高出一截,所以这张椅子便突了出来。我觉得自己随时可能失去平衡,跌进那群赤裸的舞女中。我脸上发红,场内很热,我不得不一直用湿透的手绢擦脸上的汗水,要把酒杯从桌上挪到嘴边也很困难。这般

---

① Bal Tabarin,位于巴黎第九区的卡巴莱歌舞表演场,1904 年至 1953 年间营业。卡巴莱(Cabaret)系一种歌厅式音乐剧种。

荒唐的处境中，座椅上维持着脆弱平衡的我，变成了不幸的化身；而舞台上浸沐在光芒之中的舞女们则正相反，象征着不可触及的幸福。

舞女之中有一个较之其他更加窈窕美丽，她面带女神的微笑而来，一袭晚裙更显庄严。舞蹈将尽时，她浑身赤裸，但那一刻，她却更显出一份几乎不可思议的优雅与精致——聚光灯浅紫色的光晕让她纤长、光洁的胴体宛如泛着鬼魅般苍白的奇迹。我像个小男孩，出神地凝视她裸露的双臀，就好像我这一生从未见过如此纯洁，又如此不真实之物，况且她还这么美。第二轮脱裙表演开始时，我甚至感到窒息，只得靠在椅子上，精疲力竭。我离开舞场。我游荡着，从咖啡馆到大街，从大街到晚间巴士；我毫无目的地下了车，走进斯芬克斯①。我流连于人来人往的门厅里一个又一个出台姑娘；我不想上楼到房间去，一束不真实的光始终让我觉得恍

---

① Le Sphynx，20 世纪 30 年代巴黎最有名、最豪华的妓院之一，位于巴黎第十四区的埃德加-基内大道（Boulevard Edgar-Quinet）三十一号。

惚。接着,我又去了多姆咖啡馆①,我正在一点点沉沦。我吃了一根烤香肠,喝的是甜香槟。这很提神,但口味实在糟糕。到了这个点,在这等不三不四的地方,只剩下寥寥数人,男的道德败坏,女的又老又丑。后来我走进一家酒吧,里面有个粗俗的、算不上漂亮的女孩,正坐在凳上和酒吧招待咬耳朵,还不停地发牢骚。我拦下一辆出租车,这一次,我要司机送我回家。已经过了凌晨四点,可我没有上床睡觉,我在打字机上打一篇报告,所有门都大开着。

好意住在我家的岳母(我妻子不在的时候由她照顾房子)醒了。她在床上喊我,叫声顺着她的房门穿透整个寓所:

"亨利……埃迪特快十一点的时候从布莱顿来了电话。没找到您她很失望,您知道吗。"

其实从昨晚开始,我口袋里就揣着一封埃迪特的信。她告诉我会在今晚十点后来电话,除非我是个懦夫,不然我不可能忘记这件事。可我都走到了家门口,却还是离开了! 我想不出比这更恶劣的

---

① Le Dôme,巴黎著名咖啡馆之一,位于蒙帕纳斯大道,亦是文人聚集之地。

事。被我无耻抛弃的妻子,从英国给我打来电话,因为她担心我;可与此同时,我却把她抛诸脑后,在上不了台面的地方放纵我的衰颓和愚蠢。一切都是错的,连我的痛苦也是。我开始放声哭泣,我的哭声毫无意义可言。

空虚依旧。一个酗酒、哭泣的白痴,可笑如我沦落到这般田地。要想逃避如垃圾般被遗忘的感觉,唯一的良方就是喝酒,更多的酒。我希望能耗尽自己的健康,或许一并耗尽这条没有意义的生命。我想酒精会杀了我,但想得并不清楚。我或许会继续喝下去,然后死掉;或许我会停下……那一刻,什么都不重要了。

2

我在弗朗西斯家①门前下了出租车,醉得刚好。我什么都没说,径直坐到要见的几个朋友桌边。对我来说,有人陪伴很好,陪伴让我远离狂妄自大。

---

① Chez Francis,巴黎第八区阿尔玛广场(Place d'Alma)一家著名餐厅,近埃菲尔铁塔。

我不是唯一喝过酒的人。我们去一家公路餐厅吃饭,只有三个女人。餐桌上很快便堆满了空的或半空的红酒瓶。

我的邻座叫格泽妮(Xénie)。快吃完时,她对我说她刚从乡下回来,在那边过夜时,在房子的洗手间里看到一只装满白色液体的夜壶,中间有只淹水的苍蝇——她说这话,是因为我正在吃一块柔软的芝心奶油蛋糕,而奶的颜色让她恶心。她吃血肠,将我倒给她的红酒喝得干干净净。她大口吞血肠的样子像个农家帮佣,但这是假象。她不过是个游手好闲又过于富有的姑娘。我看见她的餐盘前放了一本她随身带的绿色封皮的先锋派杂志。我翻开,扫到一句话,说的是一个乡村牧师用长柄叉尖从粪堆里挑出一颗心。我醉得越发厉害,苍蝇溺在夜壶中的画面和格泽妮的脸连到了一起。格泽妮皮肤发白,脖子上落着几绺难看的散发,像一根根苍蝇腿。她的白色皮手套放在纸桌布上,在面包屑和红酒渍旁完好无损。整桌人都在声嘶力竭地说话。我偷偷把餐叉藏在右手,将手缓缓伸向格泽妮的大腿。

那时,醉酒让我声音发抖,不过这多少也是我故意演出的喜剧。我对她说:

"你心真冷……"

我突然笑起来。我刚想到(好像这有什么可笑似的):一颗奶油般的心……我涌起呕吐的冲动。

她显得很沮丧,但还是心平气和、随和地回道:

"我得拂您的意了,但确实如此,我还没喝多少酒,也不想撒谎博您开心。"

"这样的话……"我说。

透过裙子,我猛地把叉尖向大腿按去。她惊叫一声,手忙脚乱逃开我,撞翻了两只红酒杯。她推开椅子,不得不掀起裙子检查伤口。衬裙挺漂亮,她光洁的大腿让我欣喜。一根叉齿格外锋利,刺破皮肤,流了血,但伤口不大。我快步上前,她还来不及阻止,我便把双唇贴上大腿,吞掉了自己刚弄出的那点血。其他人看着,有些吃惊,笑容很尴尬……但他们发现,格泽妮尽管面色惨白,哭得却并不厉害。她比自己想的还要醉,她一直在哭,却靠进了我怀里。于是我往她杯里倒满红酒,让她喝了下去。

我们其中一个付了钱,然后大家平摊费用,但我坚持要出格泽妮那份(就好像我要把她占为己有)。接下来要去弗雷德·佩恩家[①]。我们所有人

---

① Chez Fred Payne,一家酒吧名。

挤进两辆车。小酒吧里热得窒息。我和格泽妮跳了一支舞,然后又和几个没见过的姑娘跳。我走到门口去透气,时不时拉这个、拽那个——甚至有一次是格泽妮——去隔壁的吧台喝威士忌。我隔阵子便回厅里一趟,最后我在门口背靠墙坐下。我醉了。我盯着往来的行人。不知道为什么,我有个朋友把腰带解下来拿在手上。我问他要过来。我把皮带对折,在女人面前挥舞取乐,假装要打她们。外面很暗,我什么也看不见,我什么也不明白;要是女的和男人走在一起,她们会装作没有看见。走来两个女孩,其中一个在这条扬起的、象征威胁的腰带面前,直面我,辱骂我,鄙夷地当面唾弃我——她真的很漂亮,金头发,脸上棱角分明,模样高贵。她厌恶地背过身去,跨进了弗雷德·佩恩的门。我跟着她,走进酒吧拥挤的酒客中。

"您为什么骂我?"我对她说,向她伸出腰带,我想笑。"和我喝一杯吧。"她现在是笑的了,她面对面看着我。

"好啊。"她说。

仿佛是不愿在一个醉醺醺、傻愣愣向她伸着皮带的男孩面前落了下风,她又说:

"瞧。"

她手里有个软蜡做的裸女,娃娃的下半身裹了张纸,她故意在胸部轻轻摆弄了一下——没什么比这更下流了。她一定是个德国人,白得不见颜色,目空一切,咄咄逼人。我和她跳舞,说了些我也不知什么的蠢话。跳到一半,她毫无缘由地停下,看起来很严肃,一动不动盯着我。她的样子傲慢极了。

"您看吧。"她说。

接着她撩起裙子,掀过下身——腿,花边袜带,长袜,内衣,都很奢华;她用手指指向裸露的肌肤。她继续和我跳舞,我看见她手中始终握着那个粗劣的蜡娃娃。这种便宜货一般在剧场入口兜售,小贩颠来倒去重复同一串套话,像是"非凡的触感"……蜡质很软,它有肌肤的柔软与嫩滑。她离开我,又挥了一下娃娃,然后独自在黑人钢琴手面前跳起伦巴,她朝他暗送秋波,极具挑逗意味,同她舞蹈的波动一般撩人。黑人用琴声和着她,高声大笑;她跳得出色,在她身边人们拍起手来。于是她拿出穿着锥形纸片的娃娃,一把扔向钢琴,爆发出一阵笑声。那东西落在钢琴木板上,发出轻微的身体碎裂的响声。事实上,它的腿摔开了,脚却已经被割掉了。截了肢的玫瑰色小腿肚,还有张开的双腿,显得既刺眼又诱人。我在餐桌上找了把刀,切下一片玫瑰色的腿肚。我的临时同伴一把将它夺去,塞进我嘴里,它有股可怕的苦蜡味。我把它吐到地上,直犯恶心。我还没完全醉过去,我清楚如果我和这女孩去旅馆房间会发生什么(我不剩几个钱了,要想出来肯定得掏空口袋,此外八成还会受她羞辱,大加鄙夷)。

这姑娘看见我和格泽妮还有其他人说话,她大概以为我要和他们待在一起,不会和她上床了——她突兀地对我说声再见,然后便消失了。不一会儿,我的朋友们离开了弗雷德·佩恩家,我跟着他们,我们到格拉夫家①去吃喝。我坐在位子上一言不发,什么都不想,我开始病了。我借口说自己手脏、头发乱了,要去洗手间。我不知道自己做了什么:过了一会儿,半睡半醒间我听到有人喊"托普曼"。我已经脱了裤子,坐在马桶上。我提上长裤,走出来,叫我名字的朋友告诉我我已经消失了三刻钟。我坐上桌去,加入其他人,可是,没多久,他们就建议我回洗手间去——我太苍白了。我回去,吐

---

① Chez Graff,巴黎皮加勒区(Pigalle)的一家餐馆,紧邻著名的红磨坊。

了很久。接着,所有人都说该回了(已经四点了)。他们让我坐在汽车后座,开车送我回了家。

  第二天(是周日),我还是病怏怏的,一整天都不爽利,昏昏沉沉的,好像再没了赖以维持生命的源泉。将近三点时我穿戴好想去见几个人,我试着表现得像个正常人,但没做到。我早早回来睡觉,我发烧了,鼻腔里像吐了很久之后那般发痛。而且,我的衣服还淋了雨,我着凉了。

3

  我睡得很不安稳。整整一晚,可怖与痛苦的梦境接踵而来,终于耗尽了我的精神。我醒了,从未病得那么重过。我记起自己梦到了什么:我站在大厅门口,面前是张床,带立柱与帷幔,像一辆没有轮子的灵车;这张床,或者说这辆柩车四周,围着一些男女,显然就是我前一晚的同伴。大厅应该是个舞台,男人女人都是演员,又或是导演,他们要导的演出非比寻常,期待让我焦躁不安……至于我,我却离得远,躲在一条未加装饰、破破烂烂的回廊下,我与放着床的大厅的位置关系就好比观众席之于舞台。即将上演的剧目应该极具冲击性,又充斥着过分的幽默,我们期待着一具真正的尸体出现。这时我注意到帷盖床上横着一口棺柩,棺材顶上的盖板像剧场的幕布或棋盒的盒盖一般悄无声息地滑开,但映入眼帘的东西却并不骇人。那具尸首是个说不出形状的物件,一个色泽红润鲜亮的玫瑰色蜡块。这蜡块让人想起金发姑娘砍去双脚的娃娃,诱人到无以复加。这契合了在场者不乏讥讽却又暗含迷醉的精神状态。有人刚刚开了个既残忍又滑稽的玩笑,可受害者却无人知晓。不消片刻,这玫瑰色的、既骇人又迷人的东西极大地膨胀起来——它看起来像是在粉色或赭黄色肌理的大理石上雕刻出的巨型死尸。尸体的头是庞大的母马头颅;躯体是条鱼骨,或是牙齿掉了一半的、被拉直的巨大下颌;腿顺着脊骨,沿着人腿生长的方向衍伸;腿下没有脚,不过是两截骨节分明的长马腿。这一整个可笑又丑陋的存在有着希腊大理石雕像般的样貌,头骨上戴了一顶战盔,像马头上的草帽一样固定在顶端。我弄不清自己该怕还是该笑,很显然,我一笑,这尊雕像,这具所谓的尸体,就不过是个灼人的笑话。可要是我为之发抖,它便会立刻冲我而来,将我撕碎。我什么都看不懂了：平躺的尸体变成了密涅瓦女神，穿长裙，披胸甲，戴头盔，笔挺而富有攻击性；这密涅瓦自己也是大理石做的，但她发了疯一般抽动。她以猛烈的方式继续着方才的玩笑，我为之迷醉，却也张皇失措。房间深处，有种极端的愉悦，但是没有一个人笑。密涅瓦抡动手中月牙般的大理石弯刀。她身上的一切都透着死尸的气息：阿拉伯形状的武器点明了事情发生的地点，一弯墓园①，满是灰暗的、发白的大理石雕像。她极高极大。我不知道自己该不该严肃地看待她，她甚至越发暧昧起来。那一刻，我只求她不要从她抽动的房间里走向我战战兢兢躲藏的狭小通道。我已经缩得非常小，当她看见我，她就会明白我的恐惧。而我的恐惧吸引着她，她举手投足带着可笑的疯癫。突然，她跑下台，冲向我，愈发疯狂而奋力地挥动手中的大理石武器。她几近我身前，恐惧让我僵在原地。

我很快明白过来，这个梦境里，疯掉又死去的嘟蒂，换上了骑士长雕像的服装与脸孔，这么一来，她便隐姓埋名，她冲向我，要将我消灭。

---

① 法语中墓园一词（Cimetière）与阿拉伯式月牙弯刀（Cimeterre）发音相近。

4

在彻底病倒之前,我的生活是场彻头彻尾病态的幻觉。我醒着,却仿佛身陷可怕的梦境,任事情一件件在眼前飞快闪过。经过弗雷德·佩恩那一夜,第二天下午,我出门,希望可以找个朋友让我回归正常生活。我生出了去拉扎尔家见她的念头。我感觉糟透了。但不同于我的期望,这次会面更像是场噩梦,甚至比我下一晚要做的那个梦更令人绝望。

那是周日下午。当天,天气又热又闷。我在拉扎尔位于蒂雷纳街①的公寓见到了她,她身边还有个人,一见他,我脑中就冒出了要驱除厄运的可笑念头……这人个子很高,面容之可怖,活像广为流传的兰杜②的画像。他有双大脚,套了件浅灰色夹克,对他瘦削的身形来说是过于宽大了。夹克的粗呢布料有几处已经褪色泛黄;他穿到发亮的长

---

① Rue de Turenne,位于巴黎右岸玛莱区。
② Henri Désiré Landru,亨利·德希雷·兰杜,19世纪末20世纪初法国巴黎的连环杀手,被称为法国蓝胡子。

裤,比夹克略深,裤腿轴成开瓶器,拖到地上。礼数上他很是周到。他同兰杜一般蓄着漂亮的脏褐色胡子,脑袋上也光秃秃的。他语速很快,选词十分考究。

我进房时,他的身影衬在蓝天白云的背景上:他正站在窗前。那是个巨大的存在。拉扎尔向他介绍我,又特意告诉我他是她的继父(不同于拉扎尔,他不是犹太人;他应该是再婚时娶了她妈妈)。他名叫安托瓦纳·莫卢(Antoine Melou)。他在外省一所中学当哲学老师。

当房门在我身后关闭,我不得不坐下,活脱脱像是跌进一个陷阱,在这二人面前,我感到从未有过的恼人的倦意与恶心,同时我又意识到自己很快就会一点点失掉常态。拉扎尔多次和我说起过她的继父,她告诉我,严格就智力而言,他是她见过顶机敏、顶聪明的人。他的出现让我颇不自在。当时我生着病,半疯半傻,哪怕他不说话,只是张大嘴巴,我也不会惊诧——我想象着他什么也不说,任由口水流到自己胡子上……

我的意外造访让拉扎尔很是不快,但她的继父却不这么认为,一番介绍后(其间他始终一动不动,

一言不发),他坐上破破烂烂的扶手椅,立刻开口说道:

"先生,我有意让您和我共同探讨一番,我得坦言,有个问题让我如陷深渊,困惑不已……"

拉扎尔声音克制又疏离地阻止他:

"我亲爱的父亲,您不觉得这种讨论是没有结果的么,况且……也用不着劳烦托普曼。他看上去快累垮了。"

我低着头,眼睛盯着脚下的木地板。我说:

"不碍事的。您尽管说问题吧,这不麻烦……"我极小声地,客套地说。

"您瞧,"莫卢先生接道,"我的养女方才向我说明了几个月来一直让她完全沉浸其中的冥想的结果。不过依我所见,难点倒不在于她提出的那些颇为灵活的,窃以为,亦是有力的论据,并以此揭露我们眼下发生的种种事件正将历史进程拖入僵局……"

尖细的嗓音婉转,有种过分的优雅。我甚至没在听,我早就知道他要说的话。他的络腮胡,他看上去脏兮兮的皮肤,他色如肝肠的嘴唇,当他抬起一双大手强调字句时吐字清晰的嘴唇,这一切让我备受煎熬。我明白他同意拉扎尔的观点,认为社会主义的希望已经破灭。我想：瞧他们，这两头古怪斑马①自己，不就是社会主义已然破灭的希望么……我真的病了……

莫卢先生还在说，用教员的腔调宣告着这个可悲的时代里知识分子面临的"令人焦虑的困境"（对他而言，生于当下对任何知识守护者而言都是莫大的不幸）。他说话时眉头紧锁：

"我们应该默默将自己埋葬吗？还是应该反过来，向工人运动最后的抗争伸出援手，由此将自身引向必然而又贫瘠的死亡？"

有好一会儿，他都缄默不语，眼睛直愣愣盯着自己竖起的指尖。

"露易丝（Louise），"他总结道，"她倾向于英雄主义的解决之道。我不知道，先生，您个人怎么看待工人解放运动的可能性。所以我冒昧提出这个问题……姑且……"（他说这话时看着我，露出微妙的笑容；他停了好一会儿，像位设计师，稍稍后退好进一步观察效果。）"……凭空，对，这个说法很妥当，"（他一只手放在另一只手中，十分缓慢地搓动

---

① 原词为 zèbre，兼有斑马与怪人的含义。

双手)"凭空……就好比我们面前摆着某个问题的具体数据。我们总可以撇开真实数据,设想一个长方形 ABCD……如果您同意,当前情况下,让我们就说,假设工人阶级不可避免要走向灭亡……"

我听他说话,工人阶级必然走向灭亡……我太不清醒了。我甚至想不出自己可以站起身,摔门离开。我看向拉扎尔,脑中一团混沌。拉扎尔坐在另一张扶手椅上,神情顺从,但也专注,头向前倾,下巴架在手上,手肘支在膝盖上。和她的继父相比,她既不少一分邋遢,也不多一分阴沉。她一动不动地插话道:

"也许您想说的是'必然在政治上屈服'……"

巨型木偶放声大笑。他咯咯笑着。他欣然让步:

"当然啦!我可没假设在肉体上他们都会灭亡……"

我忍不住说:

"您觉得这和我有什么关系?"

"也许我表达得不够准确,先生……"

这时,拉扎尔干巴巴地说:

"请原谅他没称呼您为同志,但我继父习惯了讨论哲学问题……和同道人……"

莫卢先生是不可撼动的。他继续说了下去。

我想撒尿(我已经在扭动膝盖)。

"必须承认,我们面前的问题是细小的,是微弱的,所以乍看之下,它的关键似乎并不明显。"(他的神情里带着遗憾,某个困境让他精疲力竭,但只有他一人看得清楚,他草草用手比划了一下。)"但其重要影响必然逃不过您这般尖锐而忧思不已的思维……"

我扭头对拉扎尔说:

"我很抱歉,但我可能要麻烦您告诉我卫生间在哪儿……"

她迟疑了片刻,有点懵,然后她起身指了扇门。我长长地撒了泡尿,然后我想到自己可以吐,于是我用两根手指杵到喉咙深处,狠狠地大声咳嗽。我用尽解数不过白费气力。但这依然给我带来些许宽慰,我回到他俩所在的房间。我站着,相当难受,接着我即刻说:

"我想了想您的问题,但是首先,我要提另一个问题。"

从他们面部表情的变化我得知——尽管如此窘迫——"我这两位朋友"依然在专注聆听我的话。

"我觉得我发烧了。"（我确实把发烫的手伸向拉扎尔。）

"的确，"拉扎尔语调疲乏地说，"您该回家去躺着。"

"但有个问题我还是想问清楚：如果工人阶级已经完蛋了，为什么你们还要做共产主义者……或者社会主义者呢？……随便哪个称呼……"

他们直直看着我，然后面面相觑。终于拉扎尔开口了，我几乎听不到她的话：

"无论如何，我们总该站在被压迫者一边。"

我想：她是个基督徒。当然啦！……而我，我来这儿……我出离愤怒，我羞恼得不能自已……

"凭什么'应该'？为了什么？"

"一个人总可以拯救他的灵魂。"拉扎尔说。

这话出口时她也没动，甚至连眼睛都没抬一下。这让我觉得她有不可撼动的信仰。

我顿时自觉苍白了下去，又一次，我感到一阵恶心……但我还是坚持说：

"那么您呢，先生？"

"哦……"莫卢先生应道，双眼出神地凝视着他瘦长的手指，"我太明白您的迷惘了。我自己也很困惑，非——常困惑……更何况……您方才短短几句,又指出了这个问题的全新方面……噢,噢!"(他在长胡子下微笑起来。)"这就非——常有趣了。的确,我亲爱的孩子,为什么我们还要做社会主义者……或共产主义者呢?……是啊,为什么?……"

他似乎陷入了不期的沉思中。他任由自己小小的,挂着长须的脑袋,一点一点从他高大的上身落下。我看到他棱角分明的膝盖。一阵令人焦躁的沉默过后,他张开无边的双臂,然后绝望地将之抬起:

"有时事情就是这样,我们就像风暴前耕地的农民。他走过自己的田地,低着头……他知道冰霜不可避免……"

"于是……当时候临近……他站在自己的收成面前,就像我现在这般,"(陡然间,这个荒唐的、可笑的人变得崇高,一刹那,他细细的嗓音,他温柔的嗓音里有了某种冰冷坚硬的东西。)"他徒然向着苍天伸开双臂……等待闪电击中自己……他和他的臂膀……"

话毕,他任由双手下落。他已经成了无尽的绝望的完美化身。

我理解他。如果我不离开,我会重新开始哭泣,深受感染。我也心灰意冷起来,我走了,用几乎听不见的声音说:

"再见了,拉扎尔。"

然后,我的声音里有了一丝不可察觉的同情:

"再见了,先生。"

大雨倾盆,我既没帽子也没大衣。我想这条路可能不会太长。我走了将近一小时,没法停下,雨水淋透我的头发和衣服,让我彻骨冰凉。

5

第二天,这场通向癫狂现实的短暂逃亡便离开了我的记忆。我在慌乱中醒来。我为梦中体验的恐惧而仓皇无措,我惊恐,烧得发烫……我没碰岳母放在床头的早餐。我依然有想吐的感觉。这么说来两天前起它就没停下。我差人找来一瓶劣质香槟。我喝了一杯冰的,几分钟后,我起身去吐了。吐过我又躺下,我稍微好受些,但恶心感很快又回来了。我浑身发抖,牙齿喀啦打战,我显然是病了,难受极了。我重又陷入可怕的浑噩:一切都开始分崩离析,种种昏暗的、丑陋的、含混的事物,原本断然是要固定住的,如今却什么法子也没有。我的存在腐化了似的一片片碎裂……医生来了,他把我从头到脚检查一遍。终于,他得出结论得带另一个过来;从他说话的方式,我听出自己可能快死了(骇人的痛苦折磨着我,我觉得自己身上有什么卡住了,我强烈渴望得到舒缓:如此一来我倒不如旁日里那般想死了)。我得的是风寒,又由于严重的肺部病症而恶化,前一晚我不小心在雨里着了凉。我在极糟的状态中度过三天。除了岳母、女佣和医生,我谁也没见。第四天,我病得更重,烧一直没退。格泽妮不知我病了,打来电话,我告诉她我离不开卧室,她可以来看我。十五分钟后她来了。她比我想得还要单纯,几乎是太过单纯了。见过蒂雷纳街的幽灵之后,她在我眼中充满人情味。我让人拿来一瓶白葡萄酒,吃力地解释说若是能看她喝酒自己会很快乐——为她,也为酒——我能喝的只有菜汤或橙汁。她毫无抗拒地喝了酒。我告诉她,我醉倒的那晚,我喝酒是因为我觉得自己太不幸。

她看出来了,她说。

"您当时喝酒好像不要命似的。越快越好。我本来都想……但我不太喜欢阻止别人喝酒,再说,我自己,我也喝了。"

她的絮叨让我脱力。不过,也迫使我稍稍走出沮丧的情绪。我没想到这个可怜姑娘心里这么明白,只是,对我,她无能为力。即使我必须承认,我后来逃过了疾病。我捉起她的手,拉向我,让手轻轻擦过我的脸颊,四天来新长出的粗短胡茬刺着手掌。

我笑着对她说:

"谁会去吻一个这么胡子拉碴的男人。"

她牵过我的手,缓缓吻它。她让我吃了一惊。我不知说什么好。我试图笑着同她解释——我说话同危重病人那般声音低沉,我的喉咙疼痛难忍。

"你为什么要吻我的手呢?你知道。我底子里是龌龊的。"

一想到她无能为力,我几近哭泣。我挺不过去了。

她只是答道:

"我知道。大家都知道您的性生活不正常。而我,我就觉得您特别不幸。我太笨了,太爱笑了。

满脑子尽是些傻念头,可自从我认识了您,自打我听说了您的癖好,我就想,有些人之所以有上不了台面的癖好……像您……或许就是因为他们太痛苦。"

我久久地望着她,她也静静地看着我。她看见泪水止不住从我眼里淌下来。她没那么美,但既温暖又单纯:我从没想过她竟真的这么单纯。我告诉她我很喜欢她,我还说,对我而言,一切都变得很虚幻:也许——说到底——我没有那么不堪,但我依然是个迷途者。即刻死掉反倒更好,正合我意。我被彻底耗尽了,被高烧,被一股深不见底的恐惧耗干,所以对她我什么也解释不了;况且,我自己也什么都不明白……

然后她突然近乎失控地冲动道:

"我不要您死。我会照顾您的,我会的。我多想让您活下去……"

我试着说服她:

"不。你救不了我,再没人可以了……"

我对她说的话如此真诚,我的绝望如此真切,末了我俩都沉默了。她不敢再说话。那一刻,她的存在于我变得恼人起来。

经过这番漫长的沉默,有个念头开始在我体内翻腾,一个愚蠢的、邪恶的念头,仿佛突然间,我的体内有了生命,甚至是,在当时的情形下,更甚于生命的东西。于是,我备受高烧煎熬,带着发狂的怒火对她说:

"听好了,格泽妮,"——我开始喋喋不休,我没来由地怒不可遏——"你这是陷进文学的冲动里去了,你肯定读过萨德,你肯定觉得萨德妙不可言——就和其他人一样。那些萨德的崇拜者都是骗子——听见我说的了么?——骗子……"

她默默地看着我,不敢开口。我接着说:

"我烦躁,我愤怒,精疲力竭,词不达意……可他们为什么要对萨德这么做呢?"

我几乎是嘶吼着:

"他们吃了狗屎吗,是还不是?"

我宣泄得歇斯底里,一刹那竟有了直起身的力气,我扯着嘶哑的喉咙,边咳嗽边咆哮:

"人人都是奴才……要是其中一个有了主子的样子,其他人就会因此骄傲得要死……可是……从不低头的家伙都被关在牢笼里、埋在地底下……这些人的枷锁与死亡,就是其他所有人的奴性……"

格泽妮轻轻用手抚上我的额头:

"亨利,求求你,"——那一刻,俯身向我的她,竟成了受难的仙子,她近乎低沉的嗓音里流露出不期的激情,灼烧着我——"别说了……你太激动,不能再说话了……"

说也奇怪,我病态的躁动竟迎来一阵平静:她陌生而有穿透力的嗓音为我带来半是幸福的麻木。我望着格泽妮许久,不说话,只是对她微笑。我看见她白领子的海军蓝真丝长裙,浅色的丝袜和纯白的皮鞋;她身材纤长,被裙子勾勒得漂亮;梳理整齐的黑发衬得她脸色鲜亮。我后悔自己现在病得如此严重。

我坦诚地对她说:

"我很喜欢今天的你。我觉得你真美,格泽妮。你叫我亨利的时候,你用'你'来称呼我的时候,我觉得真好。"

她看来很幸福,甚至欣喜若狂,但也焦虑不堪。混乱中,她在我床边跪下,吻了我的额头;我伸手探进她裙下的双腿间……我依然精疲力竭,但没那么难受了。有人敲了门,没等回答,老女佣就走了进来,格泽妮飞快地站起身。她假装在看一幅油画,样子有点儿疯,甚至有点儿蠢。女佣倒也是一副蠢相,她拿来温度计和一碗汤。老妇的愚钝让我消沉下去,重又跌回颓唐里。上一刻,我手中分明还是格泽妮光洁的大腿,这一刻,一切都动摇了。我的记忆也一道摇摇欲坠:现实裂成了碎片。余下的只有灼热,灼热在体内消耗着我。我自己插的温度计,我没有勇气叫格泽妮背过身去。老妇已经走了。格泽妮呆呆看着我在被子下摸索半天,直到把温度计插进去。我猜这可怜的姑娘看我时肯定是想笑的,但笑的冲动到底折磨着她。她看来已经失了神:站在我面前,慌了神色,乱了头发,浑身通红;脸上显然还带着情动之色。

我比昨晚烧得更厉害,对此我嗤之以鼻。我在微笑,可我的笑容明显怀着恶意。这份恶意实在难以承受,我身边的人竟不知道该做出怎样的表情。这回轮到我的岳母来问我发烧的情况了,我没回答,只说她的老相识格泽妮要留下来照顾我。她要是愿意可以睡在埃迪特的卧室。我用嫌恶的口吻说完这事,然后又不怀好意地盯着两个女人微笑起来。

我的岳母本就为我对她女儿造成的伤害而对我心怀恨意,更别提有违礼教之事也每每让她痛苦。她问:

"您真的不要我发个电报把埃迪特叫来吗?"

我嗓音沙哑,语调冷漠,像个恶人明白自己越是作恶就越能掌握局面,我答道:

"不,我不想。只要格泽妮愿意,她就可以睡在这儿。"

格泽妮站着,几近浑身发抖。她用牙咬紧下唇好不哭出声来。我的岳母模样滑稽。她的脸色颇合时宜。她迷茫的双眼透出无措与慌乱。这同她木然的姿态搭在一起实在糟糕。最后,格泽妮结结巴巴地说她要去拿她的东西:她走出卧室,一句话没说,没瞧我一眼,但我知道她克制着哭声。

我笑着对岳母说:

"只要她愿意,就让她见鬼去吧。"

我岳母追上去送格泽妮到门口。我不知道格泽妮听到没有。

我是人人得而践踏的垃圾,我的恶添上命运的恶。我在脑中呼唤不幸,而我就要死在那不幸里;我形单影只,我胆小懦弱。我不让人知会埃迪特。

那一刻,我觉察到自己身上的黑洞,我意识到我再也不能将她紧紧拥在胸前。我耗尽所有温柔一遍遍呼唤我的孩子,他们不会来。我的岳母和老女佣在我身边,实际上,她俩无论哪一个,都煞有介事,像是准备好要洗净一具尸体,要绑紧他的嘴巴免得它可笑地张开。我越发易怒;我的岳母给我打了一针樟脑油,但针头钝了,这一针给我带来巨大的疼痛。这没什么,可除去这些不值一提的恶事,我也没什么好期待的了。后来,一切都远去了,甚至是痛苦,而痛苦是乱七八糟活这一遭留在我身上的印记……我预见某个空洞的,某个黑暗的,某个充满敌意的、巨大的东西……那不再是我……医生来了,我没走出虚弱的状态。他们尽可随意听诊或触诊。而我要做的只有忍受痛苦、恶心、卑劣,只有比我能指望的更长久的忍耐。他们几乎没说话,他们甚至不打算用废话把我拉回来。第二天早上,他们又来了,但该做的事必须完成。我必须发电报告诉我妻子。我已经没办法拒绝了。

6

阳光洒进我的卧室,径直照亮我鲜红的被单,两扇对开的窗。那天早晨,某个轻歌剧女演员敞着窗子在家里尖声高唱。尽管颓丧,我还是听出了奥芬巴赫《巴黎人的生活》①里的调子。乐曲一句句转过她年轻的嗓子,发出幸福的响声。唱着:

> 还记得吗我的美人
> 叫那名字的男人
> 让-斯坦尼斯拉斯,弗拉斯卡塔男爵
> (Jean Stanislas, baron de Frascata)

我的处境让我相信,我听见对某个问题不无讽刺的回答,这问题飞快地掠过我的脑海,走向毁灭。漂亮的疯姑娘(我从前见过她,甚至还渴望过她)还在唱,显然是为着热烈的欣喜而兴奋不已:

---

① 雅克·奥芬巴赫(Jacques Offenbach),19世纪后期作曲家,是法国轻歌剧的奠基人。《巴黎人的生活》是其四幕轻歌剧作品。文中所引歌词是歌剧第二幕第十三场中交际花梅达拉(Métalla)所读的弗拉斯卡塔男爵给她去信的内容。

> 上个季节,有人
> 应了我的祈祷,
> 在盛大的舞会上对您把我介绍!
> 我爱您,我爱,这当然不用说!
> 您爱过我吗?我什么也不再相信。

现在写来,来势凶猛的喜悦让我脑袋充血,失控得简直要自己唱出声来。

我对待格泽妮的态度让她绝望,但绝望中她还是决定至少留在我身边过夜。那一天,格泽妮将毫不迟疑走进这间洒满阳光的卧室。我听见她从浴室传出的水声。这个年轻姑娘可能没弄明白我最后一番话的意思,对此我并无遗憾。比起岳母我更喜欢她——至少我可能拿她做个临时消遣……我可能要她帮我拿便盆,这个念头让我停住了——恶心她倒无所谓,可我自觉现在这样子很难堪;被迫让个漂亮女人帮着在床上解决,还有恶臭,我可受不了这罪(到时候,死亡或许让我恶心到害怕;但我八成会渴求它)。前一晚,格泽妮是带着行李回来的,我拉下脸,咬着牙呻吟。我装作撑不下去,一个字都说不了。我气急败坏,最终还是和她搭了话,愈发不加顾忌地装腔作势起来。但她什么都没看见。她时不时进来一趟,她自以为一个爱人的呵护才能拯救我!她敲门时,我设法坐起身(有那么一刻我觉得自己似乎没那么难受了)。我应声道:"请进!"我的声音几乎是正常的,甚至有点儿庄严,好像我在演个角色。

一见她,我又稍稍沉下声音,用悲喜剧般的腔调失望地补充:

"不,来的不是死亡……只有可怜的格泽妮……"

迷人的姑娘睁着圆眼睛看她所谓的爱人。她不知所措,跪倒在我床前,轻柔地喊着:

"你为什么这么残忍?我多想帮你康复。"

"我想的只是,"我带着得体的友善回答,"现在,你能帮我剃胡子。"

"你可能会累着吧?现在这样不行么?"

"不行。没刮胡子的死人可不好看。"

"你为什么要让我难过呢。你不会死的。不。你不能死……"

"你想想我都在忍受什么……

"要是每个人都能事先想想……不过等我死了,格泽妮,你就可以尽情吻我了,我不会受苦,也不会惹人厌。我就全属于你了……"

"亨利!你伤得我那么深,我都搞不清我们俩到底谁病了……知道么,会死的不是你,我很确信,可我呢,你把死亡塞进我脑袋,好像它再也不会离开了。"

不过一会儿。我迷迷瞪瞪出了神。

"你说得对。我是太乏了,没法自己剃的,有人帮忙也不行。得打电话叫个理发师来。格泽妮,我说你可以吻我,你可别生气……这就好比我是为自己说的。知道吗,我对尸体有怪癖……"

格泽妮跪着,始终离床一步远,神色惊恐,她这般看着我在微笑。

最终,她低下头去,小声问我:

"你想说什么?求你了,现在把一切都告诉我吧,因为我怕,我太怕了……"

我笑了。我会告诉她我说给拉扎尔的故事。但那一天更不寻常。蓦然间,我想起我的梦:一阵眩晕里,我毕生所爱之物突然现身,仿佛月光下,鬼魅光芒里一片白色墓碑的墓地；其实，这片墓地是个妓院；墓碑是活的，它某些地方长了毛……

我望向格泽妮。我带着孩子的惊恐想：母性！格泽妮显然很痛苦，她说："说吧……现在……说话吧……我怕，我要疯了……"

我想开口，可我不能。我挣扎道：

"我得告诉你我的一生。"

"不，说吧……随便说什么都好……只是再别沉默地看着我了……"

"我母亲死的时候……"

（我没了说话的气力。我猛然记起：面对拉扎尔，我没敢说出"我的母亲"，羞愧之下，我说的是"一位老妇人"。）

"你母亲？……说吧……"

"她白天走的。我和埃迪特住在她家。"

"你妻子？"

"我妻子。我没完没了地哭泣、喊叫。我……半夜，我躺在埃迪特旁边，她睡着了……"

又一次，我无力再说下去。我觉得自己可怜，要是可以，我会滚倒在地，我会哭嚎、会尖叫求援，枕上的我，如垂死之人，气若游丝……我先说给嘟蒂，然后是拉扎尔……对格泽妮，我本该求她怜悯，我本该伏倒在她脚边……我不能,可我从心底里蔑视她。她继续笨拙地哭诉、乞求着。

"说吧……可怜可怜我……和我说话……"

"……我光着脚,战栗着走进走廊……我在尸体面前发抖,我害怕,也兴奋,激动到发狂……我不能自已……我脱下睡衣……我自己……你懂的……"

尽管病入膏肓,我依然微笑着。格泽妮在我身前,低着头,几近崩溃。她的动作很艰难……可是,仿佛永无尽头的几秒过后,她抽搐着,还是屈服了,她任由自己跌下去,无力的躯壳瘫倒在地。

我发了狂,我心想:"她真可恨,时候到了,我会一路到底。"我吃力地挪到床边。这费了我很大工夫。我伸出一只胳膊,抓住她的裙边向上掀。她骇人地大叫一声,但没有动:她浑身一阵颤抖。她喘着粗气,脸颊贴在地毯上,嘴巴张开。

我疯了。我对她说:

"你在这儿就是为了让我死得更肮脏。现在把衣服脱了:我要像是死在妓院里。"

格泽妮双手撑地重又直起身,她找回自己炽热而庄严的声音:

"如果你继续这场闹剧,"她对我说,"你清楚会是什么后果。"

她站起来,然后缓缓走到窗边坐下。她看着我,非常坚定。

"你看到了,我会做的……向后。"

她确实有了动作,一旦完成,就会让她跌进虚无。

卑鄙如我,依然为这个举动所折磨,它为我身上已然垮塌的一切又添上眩晕之感。我坐起身。我很压抑,我对她说:

"回来吧。你明白的。要不是我爱你,我不会这么残忍。我也许只是想加倍折磨自己。"

她不紧不慢走下窗户。神色疏离,因疲惫而面容憔悴。

我想,我要给她讲喀拉喀托火山[①]的故事。我的脑内当下发生了泄露,我想到的一切都离我而去。我想说某事,可一转眼,又无话可说……老女佣走进来,托盘上放着格泽妮的早餐。她把早餐摆在一张小独脚桌上。她还给我拿来一大杯橙汁,但

---

① 喀拉喀托火山是位于印度尼西亚巽他海峡内的一座火山,1883 年曾大规模喷发。

我的牙床和舌头都在冒火,我对喝它的恐惧更胜于渴望。格泽妮为自己倒上牛奶和咖啡。我把杯子握在手里,想喝水,又下不了决心。她看出我的焦躁。我抓着杯子又不动口。这显然毫无意义。格泽妮看到了,便要替我拿开。她很急,可笨手笨脚,起身就撞翻了小桌和托盘,餐具稀里哗啦碎了一地。但凡这傻姑娘当时能做出一丁点儿反应,她大概会毫不犹豫地跳下窗去。每一分钟,我床头她的存在都变得更加荒谬。她也察觉到自己不该在这儿。她俯身拾起四散的碎片放回托盘,这样,她就能藏起自己的表情,而我也看不到(但我能猜到)让她变了脸色的不安。最后她用浴巾把泼上牛奶咖啡的地毯擦干。我让她叫女佣再送份早餐过来。她没应声,也不抬头。我看出她不能再向女佣要吃的,但她也不能什么都不吃。

我告诉她:

"你把壁橱打开。你会看见一个马口铁盒,里面有蛋糕。应该还有瓶几乎没动过的香槟。酒是温的,但如果你想……"

她打开壁橱,背对着我,吃起蛋糕,然后,因为很干,她倒了一杯香槟一饮而尽;她又飞快地吃了些,喝掉第二杯,最终关上了橱门。她把一切归到原位。她不知所措,不知道还能做什么。"我该打一针樟脑油了。"我对她说。她走到浴室去准备,又去厨房要了必需品。几分钟后,她带着灌满的针筒回来了。我费劲地趴下,褪去睡裤,露出半个屁股。她不会,她对我说。

"那么,"我对她说,"你会弄疼我的。最好还是叫我岳母……"

不等我说完,她果断扎下了针头。扎得再好不过。这个在我屁股上打了一针的女孩的存在越发使我困惑。我带着疼痛设法转过身。我的羞耻心分毫不剩,她帮我提好睡裤。我想让她再喝点酒。我没那么难受了。我告诉她,她最好去橱里取个杯子和酒瓶,放在身边,多喝几口。

她只说:

"如你所愿。"

我想:只要她不停下,只要她一直喝,我对她说躺下她就会躺下,我说去舔桌子她就会去舔……那我的死会有多美妙……对我而言这世上再没有一件事不是可恨的——可恨至极。

我问格泽妮:

"你知不知道有首歌,开头是'我梦到一朵花'?"

"知道。怎么了?"

"我想听你给我唱。真羡慕你还可以大口喝酒,就算是这烂香槟。再来点儿吧。你得把这瓶都喝完。"

"如你所愿。"

于是她一口接一口喝着,每一口都饮得很长。

我接着说:

"为什么你不唱呢?"

"为什么要唱我梦到一朵花?……"

"因为……"

"也罢。不是这首就是另一首……"

"你会唱的,对吗?我要吻你的手。你真好。"

她妥协了,唱起歌来。她站在那儿,两手空空,眼睛盯着地毯。

> 我梦到一朵花
> 永不凋谢。
> 我梦到一段情
> 永不枯竭。

她低沉的嗓音饱含深情倾泻而出,又将最后几句打得粉碎,结束于忧伤与消沉之中:

为什么合该,哎呀,这世上
幸福与花总是一般短暂?
……

我又对她说:

"你能为我做件事。"

"我都按你想的做。"

"你光着身子唱歌一定很美。"

"光着身子唱?"

"你再喝点。你锁上门。我在床上给你腾出位置,就在我身边。现在把衣服脱了吧。"

"这不合情理。"

"你对我说过的。你会按我想的做。"

我看着她不再说话,仿佛我爱着她。她依然慢悠悠喝着酒。她看看我。然后她脱去长裙。她有种近乎疯狂的天真。她干脆地脱下衬裙。我叫她去卧室里面挂衣服的隔间拿我妻子的睡裙过来。万一有需要,万一有人进来,她可以很快套上——

她可以穿着丝袜和鞋;她要把刚脱下的裙子和衬裙藏好。

我又说:

"我想听你再唱一遍。然后,你来躺在我身边。"

到底,我乱了阵脚,因为她的胴体比脸更美、更鲜活。更何况丝袜之下她正如此压迫性地赤裸着。

我接着对她说,这次声音极低。这是种恳求。我倾身向她。我用颤抖的声音装出灼人的爱意。

"行行好,站着唱吧,大声唱吧……"

"如果你希望,"她答。

她喉头的声音发紧,更因着爱慕与赤裸而发颤。每一句歌都在卧室里呢喃,而她整个身躯都仿佛在燃烧。似是有某种冲动、某种迷狂要让她毁灭,又摇晃着她微醺的、歌唱的脑袋。哦,疯狂!她哭着,一丝不挂地、发了狂地走向我的床——我眼中的死亡之床。她双膝跪倒,她在我身前跪下,好把眼泪藏进床单。

我对她说:

"躺在我身边,别哭了……"

她回答:

"我醉了。"

酒瓶空了,立在桌上。她躺着。她一直穿着鞋。她背朝上躺下,头埋进枕头里。用通常只属于午夜的炽热柔情对她耳语,着实有些奇怪。

我压低了声音对她说:

"别哭呀,可我想要你的疯狂,我需要它让我活下去。"

"你不会死了,你没说谎吧?"

"我不想死了。我想和你活下去……当你跑到窗边的时候,我怕了,惧怕死亡。我想到空荡荡的窗户……我怕极了……你,接着是我……两具死尸……房里空荡荡……"

"你等一下,你想的话,我去把窗户关上。"

"不。没用的。待在我身边吧,再靠近些……我想触到你的呼吸。"

她靠近我,但她嘴里有股酒味。

她对我说:

"你在发烫。"

"我已经不难受了,我接着说,我怕死……我一直活在对死亡的恐惧里,而现在……我不想再看见那扇窗户开着,它让我头晕……就是这样。"

格泽妮立刻起身。

"你可以去关上它,可要回来,快回来……"

所有事情都混沌下去。有时候,就像是一阵无可抵挡的睡意袭来。说话无济于事。话语已经死去,丢掉活力,仿佛陷入梦中……

我念叨着:

"他不能进来……"

"是谁,谁要进来?"

"我怕……"

"你怕谁?"

"……弗拉斯卡塔……"

"弗拉斯卡塔?"

"不,我在说梦话。是另一个人……"

"不是你妻子么……"

"不。埃迪特不会来的……太早了……"

"但还有谁呀,亨利,你在说谁?你得告诉我……我慌了……你知道我喝了很多……"

一段痛苦的沉默之后,我宣告:

"没人会来!"

顷刻间,阳光明媚的天空掉下一个扭曲的黑

影。它抽动着,不断敲打窗框。我心头一紧,颤抖着缩成一团。那是楼上挂下的一条长地毯,我哆嗦了片刻。我目瞪口呆,几乎一度以为,被我称作"骑士长"的人终于进来了。每当我发出邀请,他就会现身。格泽妮也很害怕。她同我一样惧怕这扇她曾经坐过、想要跳下去的窗户。地毯闯入的瞬间,她没有尖叫……她背对着我,也蜷缩起来,她脸色苍白,眼神像个疯子。

我失了控。

"太黑了……"

……格泽妮,躺在我身边……样子像个死人……她没穿衣服……她有妓女般白得瘆人的胸脯……一片墨色的云染黑了天空……它从我身上夺走了天空与光明……我身边是具尸体,我要死了么?

……哪怕这是出闹剧也离我远去了……这是出闹剧……

安东尼奥的故事

1

区区数周,我就快要记不起自己还病过一遭。我在巴塞罗那遇到米歇尔(Michel)。他忽地出现在我面前,坐在克里奥拉①的一张桌边。拉扎尔告诉他我快死了。米歇尔的话让我回想起一段不堪的过往。

我要了瓶干邑。我开了酒来喝,又为米歇尔把杯子满上。不一会儿我就醉了。我从前就知道克里奥拉那套演出。它对我没什么吸引力。舞池里

---

① La Criolla,20世纪30年代西班牙巴塞罗那"中国区"内最有名的歌舞厅之一,士兵、水手、文人、工人、匪徒,三教九流均在此汇聚。歌舞厅亦是非法交易与卖淫的场所,其娱乐节目尤其包括异装舞蹈。

一个穿女装的少年正在跳舞:他穿着露骨的晚裙,开到臀部。西班牙舞步在地板上一声声踏响鞋跟……

我觉得非常不舒服。我看向米歇尔。他不习惯这等声色犬马。等他也醉了,米歇尔就显得更加局促①,他不停地在椅子上扭动身体。

我心烦意乱。我对他说:

"真想让拉扎尔看看现在的你……在这种地方!"

他打断我,很是意外:

"可拉扎尔常来克里奥拉。"

我傻傻地扭过头来看米歇尔,一脸不知所措。

"可不是么,去年,拉扎尔住在巴塞罗那,她经常整晚待在克里奥拉。这有那么稀奇么?"

诚然,克里奥拉算是巴塞罗那最有名的消遣地之一。

但我还是觉得米歇尔在开玩笑。我把这话说给他听,这玩笑很荒谬,光是想到拉扎尔,我就不舒

---

① "局促"一词法语原文为 Gauche,同时兼有方位上的"左边"与政治上"左派"的含义。后文中形容米歇尔时几次用到"局促""笨拙",均使用的是 Gauche 一词。

服。我感到压抑的、疯狂的怒火向上翻涌。

我怒吼,我疯了,我抄起酒瓶攥在手上:

"米歇尔,要是拉扎尔在我面前,我就杀了她。"

又一个舞女——又一个舞男——在爆笑与尖叫声中登场。他带着金色假发。又美,又丑,又可笑。

"我要打她,揍她……"

场面过于滑稽,米歇尔终于站起身。他抓住我的胳膊。他很害怕,我彻底失控了。他也醉了。他看来找不着北,重又跌回椅子上。

我平静下来,望着舞者,他头上的假发像阳光一样。

"拉扎尔!干坏事的可不是她,"米歇尔嚷道,"相反她告诉我是你狠狠折磨了她——在口头上……"

"她和你说的。"

"可她不怪你。"

"别再和我说她来过克里奥拉了!拉扎尔在克里奥拉!……"

"她来过好几次,和我一起来的,她对这儿很感兴趣。她不想离开了。她肯定激动到窒息。她从没和我说过你对她说的那些蠢话。"

我多少算得上平静:

"这我回头再和你说。她来看我的时候,我都快死了!她不怪我?……我,我永远不会原谅她。绝不!你听见了?不过,和我说说她到底是来克里奥拉干什么的?……拉扎尔?……"

我无法想象拉扎尔曾经坐在我坐的地方,面对这一台糟糕的演出。我目瞪口呆。我感觉自己把什么忘了——前一秒我还是知道的,我原本绝对应该想起来的。我本想把它说出来,更完整、更大声地说出来;我意识到某种全然的无力。我终究彻底醉倒了。

忧心忡忡的米歇尔愈发局促。他满头大汗,甚是可怜。越是思考,就越觉得事情超出了他的控制范围。

"我想过扭伤她一只手腕的。"他对我说。

……

"有天……就在这里……"

我承受着巨大的压力,我要爆炸了。

米歇尔在一片喧闹中放声大笑:

"你不了解她!她要我往她肉里扎针!你不了

解她！没人能受得了她……"

"扎针干嘛？"

"她要练习……"

我叫出声来：

"什么？练习什么？"

米歇尔笑得更凶了。

"练习忍受折磨……"

他一下子收起了笑脸，很笨拙，但极尽他所能。他看起来很急迫，他看起来很蠢。他即刻又开口了。他怒道：

"还有件事你应该知道，肯定要的。你也清楚，对那些听她话的人来说，拉扎尔是很能迷惑人的。他们觉得她惊为天人。这儿有群人，一群工人，就被她搞得很不舒服。他们是倾慕她的。然后就在克里奥拉遇见了她。在这儿，在克里奥拉，她简直是个幽灵。她的朋友们和她坐在一张桌上，全都吓坏了。他们弄不懂她怎么会在这里。有天，他们中有一个气急败坏地开始喝酒……他气疯了；他做了和你一样的事，他要了瓶酒，一杯接一杯地喝。我以为他会和她上床。确实，他可能干掉她，可能情愿为她去死，但他永远不会要她和他上床。她的确诱惑着他,他也永远不会懂我为什么说她丑陋。但在他眼里,拉扎尔是个圣人。甚至应该一直如此。那人是个挺年轻的技工,名叫安东尼奥(Antonio)。"

我做出和年轻工人一样的举动;我喝光杯中的酒,而一直不怎么喝酒的米歇尔,此刻也跟上我的步调。他陷入一种极端的躁动。至于我,我面对虚无,暴露在惹眼的灯光下,面前是远非我们所能理解的荒唐。

米歇尔一把抹去太阳穴上的汗。接着说:

"拉扎尔看到他灌酒很生气。她盯着他的眼睛对他说:'今天早上我拿了份文件要您签名,而您看都没看就签了。'她的话里没有丝毫戏谑。安东尼奥答:'这有什么?'拉扎尔反问:'可要是我让您签的是法西斯的效忠书呢?'这回,轮到安东尼奥盯着拉扎尔了,四目相对。他着了迷,但又气得发疯。他郑重地回答:'我会杀了您。'拉扎尔对他说:'您口袋里有手枪么?'他答:'有。'拉扎尔说:'我们出去。'我们一道出了门。他们俩想要个见证人。"

我喘不上气来。米歇尔逐渐放慢了语速,但我催他赶快说下去。他又擦了擦额头上的汗:

"我们到了海边,有楼梯走下去的地方。天刚亮。我们一言不发地走着。我很慌,安东尼奥因寒冷而亢奋,但又被酒精弄得发蔫,拉扎尔很冷漠,平静得像个死人!……"

"可,这是开玩笑的吧?"

"不是玩笑。我没有阻止。我不知道自己为什么很焦虑。在海边,拉扎尔和安东尼奥下到最低一层台阶。拉扎尔让安东尼奥把枪握在手上,然后用枪口抵着她的胸膛。"

"安东尼奥照做了?"

"他看上去也很漠然;他从口袋里掏出勃朗宁,上了膛,枪口对准拉扎尔的胸膛。"

"然后呢?"

"拉扎尔问他:'您不开枪吗?'他没回话,有两分钟时间他一动不动。最终,他说'不',然后放下了手枪……"

"就这样?"

"安东尼奥好像耗光了所有力气,他面色苍白,开始发抖,天很凉。拉扎尔拿过手枪,取出第一发子弹。枪对着她的时候这枚子弹就在膛上,然后她又和安东尼奥说话。她对他说:'把这枚子弹给我吧。'她要留下做个纪念。"

"安东尼奥给她了?"

"安东尼奥对她说:'如您所愿。'她把子弹放进了手包。"

米歇尔沉默了:他看起来从未像现在这般难受。我想到牛奶里的苍蝇。他不知该笑还是崩溃。他真真就像那只牛奶里的苍蝇,或是大口呛水的蹩脚游泳员……他不胜酒力。最后他几乎要流下泪来。他在音乐声中做出怪异的动作,像要赶走一只虫:

"你能想出比这更荒谬的故事么?"他又对我说。

从他额上流下的汗水,指挥着他的动作。

2

这个故事让我震惊。

我还是设法问米歇尔——我们到底是清醒的——就好像我们都没醉,只是不得不绝望地集中注意力:

"你能告诉我哪个是安东尼奥么?"

米歇尔指了指邻桌一个男孩,告诉我他和安东尼奥很像。

"安东尼奥?他看上去脾气很糟……两周前,他被抓走了,他是个煽动分子。"

我用我所能有的最严肃的口吻接着问:

"你能给我讲讲巴塞罗那的政治形势么?我什么也不知道。"

"都得崩盘……"

"拉扎尔为什么不来呢?"

"我们随时等她过来。"

所以拉扎尔会来巴塞罗那,来参加暴动①。

无能的状态带给我巨大的痛苦,要不是米歇尔,这一晚的下场将非常凄凉。

米歇尔自己也晕头转向,但他还是设法让我坐下。我颇为艰难地试着回想拉扎尔说话的腔调,一

---

① 指 1934 年 10 月西班牙境内的全国总罢工事件。西班牙第二共和国时期(1931—1939),右翼的西班牙自治权利同盟(缩写为 CEDA,简称"西达党")于 1933 年在大选中获胜,第二共和国进入右派掌权时期。1934 年 10 月初,"西达党"成员进入由亚历杭德罗·勒罗克斯(Alejandro Lerroux)领导的政府就任部长,由此引发了 10 月 4 日在巴塞罗那爆发的总罢工运动。加泰罗尼亚地区宣布独立自治。罢工于 10 月 6 日失败。

年前,她就坐在这儿的某张椅子上。

拉扎尔说话始终很冷静,慢条斯理,语气内敛。她缓缓说出的话,我随便想起哪句都会笑出声来。我想成为安东尼奥。我会杀掉她……也许,我爱她,这个念头逼我发出一声尖叫,淹没在喧嚣里。我几乎要撕咬自己。手枪的念头纠缠着我:我想开枪,想打光子弹……射进她的肚子……射进她的……仿佛我正动作滑稽地跌入虚无,仿佛,在梦里,我们射出子弹,绵软无力。

我受不了了:我得做出巨大的努力才能找回常态。我对米歇尔说:

"我讨厌拉扎尔,讨厌到害怕。"

我面前的米歇尔像个病人。他自己也花了超乎常人的力气才坐稳。他用手扶着额头,控制不住地似笑非笑:

"实际上,照她的说法,你对她表现出非常强烈的厌恶……她自己都吓坏了。我也是,我也讨厌她。"

"你讨厌她!两个月前,她来看我,我躺在床上,她相信我快死了。我们让她进了屋,她踮着脚走到我床前。我在卧室当中瞧见她的时候,她正踮着脚尖,一动不动,她看起来就像是田中央一动不动的稻草人……

"她在我三步开外,脸色白得好像见了个死人。房间里有阳光,但她,她拉扎尔却黑洞洞的,她黑得好比监狱。吸引她的是死亡,你懂我的意思么?我猛然看见她的时候,我吓得尖叫。"

"那她呢?"

"她没说话,她没动。我对她一通咒骂。我骂她是愚蠢的贱人。我骂她是指手画脚的卫道士。我甚至告诉她我很平静,很理智,但我的四肢都在抖。我结结巴巴,胡言乱语。我告诉她死是痛苦的,但临死还得看见这么个下贱东西,这就太过分了。我巴不得自己的便盆是满的,我要朝她脸上扔大便。"

"她说了什么?"

"她小声对我岳母说她最好离开。"

我笑着。我笑着。我眼里有重影,我昏了头。

这回轮到米歇尔放声大笑:

"她走了?"

"她走了。我的汗湿了好几条床单。我以为我当即会死。但是,那天快过去的时候,我又好了起来,我觉得我得救了……理解我吧,我当然应该让她害怕。不然,你不这么认为么?我就要死了呀!"

已经虚脱的米歇尔重新直起身,他还是不好受,但同时,他的脸上却浮现出大仇得报时应有的表情,他胡言乱语起来:

"拉扎尔喜欢小鸟,她自己说的,但她撒谎了。她撒谎了,你知道吗?她身上有股坟地的味道。这我是知道的,有天我把她抱在怀里……"

米歇尔站起来。他脸色惨白。他用非常愚蠢的方式说:

"我最好是去趟洗手间。"

我也站了起来。米歇尔跑远去吐了。克里奥拉所有的叫声都在我脑海里,我站着,迷失在嘈杂的人群中。我彻底糊涂了,就算我大叫,也不会有人听见,就算我大叫,叫得撕心裂肺。我无话可说。我始终迷失在歧途。我在笑。我想朝旁人脸上吐唾沫。

天空之蓝

1

醒来时,我心底一阵恐慌——我想到自己会直面拉扎尔。我草草穿好衣服去给格泽妮发电报,让她来巴塞罗那和我会合。为什么离开巴黎前我没和她上床呢?我生病的时候一直忍受她,忍得相当辛苦,不过和一个你不大爱的女人做爱之后,她会变得顺眼许多。我已经受够和妓女做爱了。

我可耻地惧怕着拉扎尔,就好像我欠了她什么交代。我还记得自己在克里奥拉时那种莫名的感受。和她见面这件事吓得我甚至忘记了自己对她的憎恨。我匆忙起身换好衣服去打电报。绝望之中,曾有一个月我是幸福的。我在走出噩梦,现在噩梦又逮住了我。

我在电报里和格泽妮解释说,目前为止我还没有固定住址。我希望她能尽快来巴塞罗那。

我约了米歇尔见面。他看起来忧心忡忡。我带他到平行大道①一家小餐馆吃早饭,但他没吃几口,喝得更少。我告诉他我最近都没看报。他不无嘲讽地回答,大罢工就定在明天。我最好去卡莱利亚②找我的朋友们。但我坚持留在巴塞罗那见证动乱发生,如果确实会发生的话。我不想掺和进去,但我有辆车,是一个现在正待在卡莱利亚的朋友借我的,借了一周。如果他要用车,我可以载他。他哈哈大笑,毫不掩饰自己的敌意。他坚定地站在另一个阵营,他没钱,甘愿为革命事业付出一切。我心想:要是发生骚动,他肯定会昏头的,惯常如此,他会傻乎乎地送掉性命。这整件事都让我不快,某种意义上,这场革命也是我以为已经逃离的噩梦的一部分。想起在克里奥拉度过的那一夜,我不无窘迫之情。米歇尔也是。我猜那一晚纠缠着他,那晚纠缠着他

---

① 原文为 Parallelo,应为 Avinguda del Parallel,街名,系巴塞罗那主干道之一,因与赤道平行而得名。曾是巴塞罗那夜生活的中心。
② Galella,巴塞罗那周边小镇。

还摧垮了他。最终,他用一种难以形容的口吻——挑衅的、焦躁的——告诉我拉扎尔前一晚来了。

面对米歇尔,尤其是面对他的微笑——尽管这消息来得太突然,我还在发懵——我表现得无动于衷。我又没法,我对他说,变成一个本地工人,而不是来加泰罗尼亚消遣的法国有钱人。但有些时候,甚至是紧要关头,一辆车是很可以派上用场的(我随即扪心自问,我可能会后悔这个提议,我不可避免地想到,这样一来,我就会落入拉扎尔的魔爪;拉扎尔已经把她同米歇尔的矛盾忘了个干净,但她应该不会以同样的不屑对待一个有用的道具,然而,没有什么能比拉扎尔更让我发抖了)。

我离开怒不可遏的米歇尔。我无法否认自己对工人群体心怀愧疚。这本来是微不足道、站不住脚的,可更让我沮丧的是,我对拉扎尔的愧疚也是一个样。那一刻,我看得分明,我的生活无以辩护。我羞愧难当。我决心要在卡莱利亚度过傍晚和这一夜。今晚,我没了在街头闲逛的兴致,但我也无法待在酒店房间里。

朝卡莱利亚开出二十多公里(几乎过了一半行

程),我改变了主意。酒店里可能有格泽妮回给我的电报。

我回到巴塞罗那。我感觉很糟。一旦动乱开始,格泽妮就没法来找我了。目前还没有回音,我又发了封电报,让格泽妮务必尽一切可能当晚出发。我确信,只要米歇尔用我的车,我就注定会和拉扎尔见面。我厌恶我的好奇心,它正怂恿我彻底投身到内战中去。显然,作为一个人,我品行不端;更有甚者,我的愤怒也一无是处。刚过五点,阳光灼人。大街上,我想和旁人说话;我迷失在盲目的人群里,觉得自己同一个低幼的孩童一样愚蠢、一样无力。我回到酒店,我的电报依然没有回音。总之,我原本打算混进行人里找人说说话,但在暴动前夜,这是不可能的。我本想打听一下工人街区是不是已经有了动静。城里的氛围异乎寻常,可我却总觉得事情没那么严重。我不知道该做什么,三番两次改变主意。最终我决定回酒店去,躺倒在床:一种极度紧张,兴奋,却又消沉的氛围弥漫整座城市。我路过加泰罗尼亚广场①。我开得太快,有个

---

① Place de Catalogne,位于西班牙巴塞罗那旧城区的广场,位处城市中心。

人,许是喝醉了,忽然出现在车前方。我猛踩一脚刹车,避开了他,但我的精神受到极大冲击。我大颗地冒着冷汗。稍远的地方,在兰布拉大街①,我以为自己认出了拉扎尔和同行的莫卢先生,他套着灰色夹克,头戴草编小礼帽。恐惧令我虚弱(稍后我才确切了解到莫卢先生并没有来巴塞罗那)。

回到酒店,我不想坐电梯,爬上了楼。我一头倒在床上。我听见骨头下自己的心跳声。我感受到脉搏在两侧的太阳穴下狠狠跳动。我久久淹没在等待的战栗中。我往脸上泼了点水。我渴极了。我给米歇尔下榻的酒店去了电话,他不在。于是我又接巴黎。格泽妮的公寓没人。我查过时刻表,算出她可能到了车站。我试着打回自己家,我妻子不在时岳母暂住。我琢磨着妻子可能已经回来了。岳母回答说,埃迪特还在英国,和两个孩子在一起。她问我几天前有没有拿到一封装在信封里的气压传信,她走空运寄过来的。我这才想起口袋里确实有她一封信,被我遗忘了许久,当时我认出了她的字迹,就没打开。我说有,然后挂掉电话,为听见这

---

① Rambla,西班牙巴塞罗那最著名、最繁华的步行林荫大道。

充满敌意的声音而愤恼不已。

信封在我口袋里窝皱了,过去好些天已经有点发旧。打开以后,我从气压传送信上认出嘟蒂的笔迹。我还不敢确定,急不可耐地去撕外面的封口。房里热得可怕,封带似乎永远拽不到头,我感觉汗水如注流下脸颊。我看到令我惊恐的句子:"我匍匐在你脚下。"(这就是信的开头,非常奇怪。)她要我原谅她没能鼓起勇气自杀。她来巴黎找我了。她等我打电话到她酒店。我自觉悲惨万分,有一刻我甚至怀疑——我又拿起听筒——自己能不能说出话来。我接通巴黎的酒店,等待要了我的命。我盯着信笺:日期是九月三十号,今天十月四日。绝望中,我哽咽了。十五分钟过去,酒店回应说多萝蒂亚(Dorothea)·S 小姐——出门去了(嘟蒂不过是对多萝蒂亚带有挑衅意味的简称),我留了必要的指示。她一回去就可以给我回电。我挂掉电话,这已远远超出了我的脑袋可以承受的范围。

空虚让我着了魔。现在九点。理论上,格泽妮应该已经坐上驶向巴塞罗那的列车,飞快地朝我而来。我幻想着黑夜中灯火通明的列车高速向我靠近,发出可怖的呼啸。我觉得在卧室地板上看见一只老鼠,也可能是蟑螂,总之是个黑乎乎的东西,从我两腿间闪过。这八成是疲倦引起的幻觉。我有点晕。我四肢僵硬,一心等着电话,没法离开酒店,我是躲不掉的,哪怕最微小的尝试也被剥夺。我下楼去酒店餐厅吃晚饭。每当听到电话铃声我就站起身,生怕接线员会误把电话接回房间。我让人给我一份信息表,又差人找来报纸。我想知道从巴塞罗那到巴黎的火车时间。我担心大罢工会妨碍我去巴黎。我想读巴塞罗那当地的报纸,我看了,但完全没明白自己看了什么。我想大不了我一路开车到边境去。

快吃完饭,我接到一个电话:我很平静,可我觉得就算有人在我耳边开上一枪,我也会置若罔闻。是米歇尔,他要我去找他。我告诉他暂时不行,因为我在等电话,但他要是不能来酒店,我可以夜里去和他碰面。米歇尔告诉了我他的地址。他坚持要见我。他说话的方式像个传令员,生怕忘掉某个细节。他挂掉电话。我给了话务员小费,然后回到我躺过的房间。这间房子热得磨人。我从盥洗台接了杯水一饮而尽,水是温的。我脱掉西服外套与衬衣。我在镜子里看见自己赤裸的上身。我又躺回床上去。有人敲门为我送来格泽妮的电报,和我预想的一样,她第二天会乘正午的特快过来。我漱了牙。我用湿毛巾擦拭身体。我不敢去卫生间,怕会漏过电话。我想数到五百消磨等待的时间,但我没有数完。我想我没必要把自己弄得这么焦躁不安。这明摆着很荒谬,不是么?维也纳那次等待之后,我还没有过这等残酷的经历。十点半,电话响了,和我通话的是嘟蒂下榻的酒店。我要求和她本人说话。我不明白她怎么能让其他人给我带话。通话很不顺利,但我还是做到了态度平和、表述清晰,就好像这场噩梦里独有我一个还是镇静的。她没能自己来电话,因为她回去后当即决定出发。她踩点赶上最后一班去马赛的列车,她会从马赛坐飞机到巴塞罗那,到达时间是下午两点。她实在抽不出空,没能亲自知会我。我一秒都没想过自己明天就能见到嘟蒂,我没想到她可以从马赛坐飞机过来。我并不高兴,反而近乎呆滞地坐在床边。我试着回想嘟蒂的样子,想她脸上混乱的表情,但我的记忆溜走了。我想到她长得像罗蒂·兰雅[①],但关于罗蒂·兰雅的记忆也溜走了,我只想得出《马哈

---

① Lotte Lenia(1898—1981),演员、歌手,生于奥匈帝国,后移居美国,是德国(晚年加入美国国籍)作曲家库尔特·魏尔(Kurt Weill, 1900—1950)的妻子。

哥尼城的兴衰》①里的罗蒂·兰雅:她穿着偏男性风格的黑色上装,极短的半身裙,一顶巨大的窄沿礼帽,过膝卷筒袜。她高挑纤细,在我印象里,她似乎是一头红发。不管怎么说,她是摄人心魄的,可她脸上的表情我却记不清了。我坐在床边,穿条白色长裤,光着脚和上身。我试着回想《三分钱歌剧》②里的妓院之歌。我想不起来德语歌词,只记得法语的。我记差了,以为这首歌是罗蒂·兰雅唱的。这段模糊的记忆撕扯着我。我光着脚站起身,极低声,但也绝望地哼唱:

> 拥有数层甲板的战舰
> 装上百门巨炮在左舷
> 要去把港口轰—隆—轰—炸……

我想:巴塞罗那明天就要革命了……我很热,

---

① 《马哈哥尼城的兴衰》(*Mahagonny*),1927 年由德国剧作家布莱希特与作曲家魏尔合作完成,起初是音乐剧,后于 1930 年由二人扩充为三幕的歌剧。
② 《三分钱歌剧》(*L'Opérade quat'sous*)亦是布莱希特与魏尔联合创作的德国音乐剧,是对英国剧作家约翰·盖伊(John Gay)1728 年的作品《乞丐歌剧》的再创作版本。罗蒂·兰雅饰演妓女珍妮(Jenny)一角。

可这无济于事,我冻僵了……

我走向敞开的窗。街上人很多。可以想见白天一定烈日炎炎。室外比屋内清凉许多。我得到外面去。我套上一件衬衣、一件西服外套,以最快的速度蹬上鞋,然后走上街去。

2

我走进一间通亮的酒吧,迅速喝光一杯咖啡:咖啡太烫,我烫伤了嘴。显然,喝咖啡不是个好选择。我取车去米歇尔说的地方碰头。我按响喇叭:米歇尔会自己来开大楼的门。

米歇尔让我等,他让我等个没完,终于我开始期望他不要出现。汽车刚在说好的大楼前停下,我就确信自己会和拉扎尔见面。我心想:米歇尔讨厌我又如何,他清楚我的做法和他一样,一旦情势需要,我便会忘记心中被拉扎尔激发的种种情感。他这么想确实没错,因为说到底,我对拉扎尔着了魔,愚蠢如我渴望再次见到她。那一刻,我感到难以抑制的渴求,我需要同时拥抱我的整个生命,包括其

第二部分

中全部的放荡荒唐。

但事情看来并不乐观。我大概只剩下安安静静坐在角落的份,或许是在一间挤满人的房间,像个被告,本来要出庭的,却被仁慈地遗忘了。可以肯定的是,我再不会有机会对拉扎尔说清我的感情,所以她会认为我悔过了,会把当时那些谩骂统统归咎于疾病。我又忽然想到:要是我走了厄运,拉扎尔可能反倒会觉得世界更好一些;她应该在我身上觉察出了必须弥补的罪恶……她会更愿意把我扔进危险的境地里去;甚至有意而为之,她会告诉自己,比起一个工人的命,还是牺牲像我这样令人失望的家伙更划算。我想见自己的死,嘟蒂会在酒店听闻我的死讯。我手里是方向盘,脚就在油门上,但我不敢踩下去。相反,我又按了好几声喇叭,然后一心盼望米歇尔不要回来。走到这一步,不管命运向我抛来什么,我都得一路到底。我不由自主地,带着某种倾慕之情,回忆起拉扎尔的从容与无可辩驳的果敢。我开始觉得这次行动太过儿戏。我想它毫无意义,围在拉扎尔四周的尽是米歇尔这种人,射击不会瞄准,打枪像打哈欠。但是她却有着运动领袖的品质,杀伐决断、坚定不移。我笑着想,与之恰恰相反,我唯一会做的就只有晕头转向。我记起自己读过的关于恐怖分子的文章。几周以来,我的生活已经让我远离了那种与恐怖分子相似的不安。显然,最坏的结局是我不再听凭自己的喜好,一举一动完全遵从拉扎尔的喜怒。我在车里,等待米歇尔,贴着方向盘——像一头落入陷阱的兽。我属于拉扎尔,拉扎尔拥有我,这种想法让我震惊……我还记得:我也曾和拉扎尔一样,脏兮兮的,在我还是个孩子的时候。那是一段痛苦的回忆。我犹记得它令人绝望。我曾经在一所中学寄宿。自习的时候我百无聊赖,坐在位子上,几乎一动不动,总爱张着嘴。某天晚上,煤油灯光里,我掀开身前的课桌。没人看得见我。我拿过笔杆,抓在右手里,拳头握得死紧,像攥了把刀,我一下接一下用力把钢笔尖捅进自己左手手背和小臂。想知道……想知道,没准呢:我想在痛苦面前变得更坚强。我捅开不少脏乎乎的伤口,不太红,偏黑(是墨水的缘故)。这些小口是月牙的形状,月牙是钢笔截面的形状。

我走下车,然后便看见头顶的一片星空。二十年后,当年用钢笔自残的孩子在等待,他站在夜空下,站在从未踏足的陌生街头,等着某个难以置信的未知的到来。繁星满天,不可胜数。事情荒唐,荒唐到让人想要尖叫,但这荒唐里掺着敌意。我迫切想让天色发亮太阳升起。我想,星星消失的时候,我肯定就在街上了。理论上,我对星空的恐惧不比黎明。我还要等,等上两小时……我记起将近午后两点,巴黎的艳阳下,我曾经看见——当时我在卡卢索桥①上——驶过一辆鲜肉店的小货车:布盖后露出剥了皮没了头的羊脖子,屠夫蓝白条纹的罩衣干净到发亮,货车缓缓行驶,开在灿烂的阳光下。还是孩子的时候,我喜欢太阳,我闭上眼,透过眼皮,它是一片红。太阳多么惊人,它让你联想到一场爆炸,难道不是么,还有什么比人行道上流动的红色的血更阳光,好像这光也会炸开,也会杀人。此刻黑暗的夜里,我却迷醉于光明;这么一来,在我面前,拉扎尔重又不过是一只预示不祥的小鸟,肮脏的、卑微的小鸟。我的目光不复沉浸于此时头顶闪耀的群星,却迷失在正午的天空之蓝里。我合上眼睛,好让自己跌进那炫目的蓝色:硕大的黑虫子

---

① Pont du Carrousel,巴黎塞纳河上的一座桥,始建于 1834 年,1930 年重建。通往卡卢索广场及卢浮宫。

成群钻出来,像嚣鸣的飓风。还会有东西以相同的方式出现,就在明天,太阳最烈的时候,起先是个难以辨别的点,那是载着多萝蒂亚的飞机……我睁开眼,我重又看到头顶的星辰,但太阳让我发了狂。我想笑:明天,那架极小、极远,根本伤不了天光分毫的飞机,于我便会像只嗡嗡作响的昆虫,又因着它开了窗的箱笼里装满嘟蒂不切实际的梦,空中的飞机,在我这个站在地上的、渺小的人的脑海里——当痛苦超乎寻常、更为剧烈地在其中撕扯——便成了一只难以想象的、可爱的"卫生间苍蝇"。我笑了,今夜,沿着墙壁行走的将不再只有那个挥动钢笔的绝望男孩;我笑了,就像小时候一样,仿佛我坚信有朝一日,我,由着内心涌动的幸福的狂妄,注定会推翻一切,必然要推翻一切。

3

我反倒弄不清自己怎么会害怕拉扎尔了。再等几分钟,如果米歇尔不来,我就走。我确定他是不会来的,我等在这儿实在太过善良。我几乎要走了,这时,大楼的门开了。米歇尔向我走来。说实话,他的样子像是来自阴曹地府。看脸色他大概嘶吼了一番……我告诉他我要走了。他回我说"上面",争论太混乱、太嘈杂,谁都听不清对方的话。

我问他:

"拉扎尔在吗?"

"当然。一切都是她挑起来的……你也别上去了,没用的。我是受够了……我和你去喝一杯。"

"我们聊点其他事?……"

"不。我想我不行了。我告诉你说……"

"好。说吧。"

我对发生的事情没有太大兴趣,那一刻,我觉得米歇尔很可笑,"上面"的骚乱更是如此。

"他们要找五十来个人干一票,正儿八经的'枪手'①,你懂的……这次是来真的,拉扎尔想袭击监狱。"

"什么时候? 不是明天我就来。我会带上武器。我车里可以带四个人。"

米歇尔大叫:

"这是胡闹!"

"哈!"

---

① Pistolero,原文为西班牙语。

我大笑出声。

"不能袭击监狱。太胡来了。"

米歇尔这话说得声嘶力竭。我们走到一条繁华的街上。我忍不住对他说:

"别叫那么大声……"

我让他很窘迫。他收了声,环顾周遭。他表情很焦虑。米歇尔不过是个孩子,一个愣头青。

我笑着对他说:

"不要紧的,你说的是法语。"

他方才还在害怕,即刻又安了心,于是他也笑起来。但之后他就不再嚷嚷了,他甚至一并摒弃了先头和我说话时不屑的腔调。我们走到一家咖啡馆,找了张偏僻的桌子。

他解释道:

"你马上就会明白为什么不能袭击监狱,划不来的。拉扎尔想在监狱动手,不是因为这样有效,而是为她自己的考量。拉扎尔讨厌任何和战争有关的东西,但她这种狂人,归根结底还是希望直接采取行动的,她很想动次手试试。我的提议是袭击军器库,但她根本不愿听我说话,因为她觉得,这样就是走回了混淆革命和战争的老路子!你不了解这里的人。这儿的人很好,但他们都是榆头脑袋,他们全听她的！……"

"你还没告诉我为什么不该袭击监狱。"

其实,监狱遭袭的想法对我很有吸引力,而且我觉得工人们听拉扎尔的没错。一瞬间,拉扎尔带给我的恐惧土崩瓦解。我暗想,她是很骇人,但她也是唯一一个搞得清状况的人,西班牙工人也理解大革命……

米歇尔还在解释,自言自语:

"显然,监狱毫无用处。首先要做的是找到武器。应该把工人武装起来。如果分裂运动没能把武器交到工人手里,那还有什么意义?我有证据,加泰罗尼亚领袖的起事多半是完蛋了,因为他们害怕把武器放在工人手上……这毫无疑问。首先必须拿下军器库。"

我脑子里冒出另一个想法,他们统统在胡扯。

我的思绪又回到嘟蒂身上,现在的我,累得要死,重又焦虑起来。

我含糊地问米歇尔:

"选哪个武器库呢?"

他好像没听见。

我坚持道,这一点上,他一无所知,问题摆在这儿,甚至非常棘手,而他毕竟不是本国人。

"拉扎尔有更进一步么?"

"有。她有监狱的图纸。"

"你想聊点别的事么?"

米歇尔说他马上要走了。

他安静了片刻,没有说话。然后他接着道:

"我觉得这事儿成不了。大罢工定在明天早上,可所有人都各行其是,大家统统会被国民警卫队干掉。我也不得不同意拉扎尔是对的。"

"什么意思?"

"没错。工人永远团结不起来,他们会被打垮的。"

"监狱行动完全没可能吗?"

"我哪儿知道?我又不是军人……"

我精疲力竭。现在是凌晨两点。我约米歇尔在兰布拉一家酒吧见面。他会等事情明了些再过来,他说大概要到五点。我差点告诉他,他没理由反对监狱计划,但我受够了。我陪米歇尔走到原先等他的门口,我的车停在那儿。我们没什么好说的了。我没见到拉扎尔,至少这让我心满意足。

4

我立刻去了兰布拉大街。我扔下车,走进中国区①。我不是来这儿找姑娘的,可三更半夜,中国区是唯一可以打发三小时时间的去处。这个点儿,我能听见安达卢西亚人的歌声,歌者唱的是深歌②。我满腔愤懑、不能自已,唯有深唱的激荡才能与我的狂热匹敌。我走进一家简陋的小酒馆,我进门的时候,小舞台上一个近乎畸形的女人正在搔首弄姿,一个金发女郎,长了张斗牛犬的脸。她几乎脱得精光,腰上的花手绢遮不住极黑的性器。她唱着歌,在跳肚皮舞。我刚一坐下,桌边就来了个同样难看的女孩。我不得不和她喝一杯。店里人不少,和克里奥拉的看客差不多,但更脏更乱。我假装不懂西班牙语。只有一个姑娘既漂亮又年轻。她看向我。她的好奇像不期而至的激情。她的四周尽是妖魔鬼怪,裹着积满污渍的披巾,模样和胸脯都

---

① Barrio Chino,原文为西班牙语,中国区即拉巴尔区,曾经是巴塞罗那的红灯区。中国区是其别名。

② Cante rondo,深歌是安达卢西亚地区弗朗门戈音乐的主要类型之一,情感悲伤绝望。

像发了福的黄脸婆。一个年轻男孩,几乎还是孩子,穿着水手衫,一头波浪卷发,脸颊搽了粉,靠近看我的姑娘。他面相挺凶,他做了个下流动作,哈哈大笑,接着就到远处坐下了。一个驼背妇人,老态龙钟,扎着乡下人的头巾,挎着篮子走进门。一个歌者在台上坐下,还有个吉他手;弹过几段吉他,歌手开始唱歌……歌声非常沉闷。不过当时的我更怕他会同其他人一样,用尖锐的歌声把我撕碎。馆子很大,某一头成排坐着一群姑娘,正等着和客人跳舞——这轮歌唱完后就轮到她们和客人跳舞了。女孩们年纪不大,但样子丑,裙子很寒酸。她们身形瘦弱,营养不良,有的在打瞌睡,有的傻乎乎露出笑脸,还有的,冷不丁用鞋跟飞快地踢向表演台。她们发出"欧拉"的喊声,但没有回音。其中一个穿着颜色褪了一半的浅蓝布裙,她亚麻色的头发下面,有张瘦削又苍白的脸,显然,她撑不了几个月就会死掉。我需要把注意力从自己身上挪开,至少这一刻,我需要把注意力放在旁人身上,需要好好地知道,每个人,顶着自己的脑袋,都真真切切活着。大概有一小时时间,我什么都不说,就这么观察房间里我的同类。然后我又去了另一家酒吧,相反,那里非常热闹,有个顶年轻的、穿蓝色工装的工人正拉着一个穿晚裙的姑娘转圈儿。晚裙下露出了发脏的内衬肩带,但女孩本身还是迷人的。另有几对男女也在旋转,很快我决定离开。我再也经不住任何兴奋刺激了。

我回到兰布拉大街,我买了画报和香烟,时间刚过四点。我坐在咖啡馆外的露天座位,一页页翻动画报,什么都看不进去。我努力放空思绪。我做不到。一团空洞的迷雾在我体内翻腾。我本想试着回忆嘟蒂真正的模样。隐约回归我记忆的东西却荒唐可怖,而且格外陌生。下一刻,我开始天真地幻想自己会和她一起去港口餐厅吃饭。我们会吃遍所有我喜欢的口味浓重的食物,然后我们会去酒店:她睡着了,我待在床边。我太乏了,所以同时我又想自己也在她身边睡去,睡在扶手椅上,甚至同她一样躺在床上,只要她一来,我们俩就会困倦地倒下;这一觉注定不安稳。还有大罢工——一间带蜡烛的大房间,无所事事,街道冷清,斗殴与骚乱。米歇尔随时会来,我得尽快脱身。

我其实无意再听任何人讲任何事。我想睡觉。旁人眼下能告诉我的最要紧的事也会从我耳边溜过。我得睡觉了,和衣而睡,哪里都行。我在我坐的椅子上盹了好几觉。格泽妮来了我要怎么办。六点稍过,米歇尔到了,告诉我拉扎尔在兰布拉大街等他。他来不及坐了。他们什么都没谈妥,他看来和我一样恍惚。他不比我更有说话的意思,他乏了,他垮了。

我立马对他说:

"我和你去。"

太阳升起,天色青白,群星隐去。行人往来,兰布拉大街却显得不那么真切,从这头到那头,一整排梧桐树上独有一声令人昏沉的鸟鸣:我从未听过如此出乎意料的声音。我看见走在树下的拉扎尔。她正背对我们。

"你不想和她打个招呼么?"米歇尔问我。

这时,她回过身,向我们走来,衣服依旧是黑色的。一瞬间我问自己,难道她不是我见过的最富人性的存在么? 可靠近我的也是一只卑贱的老鼠。绝不能逃走,这很容易。事实上,我已经远去了,我已经离得很远。我只是对米歇尔说:

"你们可以走了,两个人都是。"

米歇尔像是没明白。我同他握了手,补充道,我知道他们俩都住哪:

"在第三条街右转。你有空的话,明晚给我电话。"

就好像拉扎尔和米歇尔的存在同时都变得虚幻一般。我也不再有真切的真实。

拉扎尔看向我。要多自然有多自然。我看了看她,然后对米歇尔挥了下手。

他们离开了。

至于我,我动身回到酒店。大约六点半。我没关百叶窗。我很快就睡着了,但睡得不安稳。我感觉天亮了。我梦见自己在俄国,我是游客,正在两大首都①之一参观,更像是列宁格勒。我漫步于一栋钢筋玻璃结构的巨型建筑,它很像过去的机械陈列馆②。天蒙蒙亮,玻璃上积满灰尘,漏下浑浊的阳光。这地方空荡荡的,比教堂更空旷、更庄严。地面铺的是红土。我很消沉,孤零零一个人。我穿过侧道,看见一串小间,里面保存着大革命时期的记

---

① 除莫斯科外,圣彼得堡(列宁格勒)作为俄罗斯第二大城市,有"北方首都"之称。故而亦有莫斯科与圣彼得堡并称为俄国"两大首都"的说法。

② 法国为1889年世界博览会在巴黎战神广场尽头、军事学校前建起的钢筋玻璃结构长廊型展厅。

忆；房间算不上真正的博物馆，但革命中最富决定性的事件正发生在这儿。它们原先是为沙皇高贵而庄重的宫廷生活所准备的。战争时期，皇室成员曾委托一位法国画家在墙上重现法国的"生平"——这个画家用勒布伦①简朴又华丽的风格描绘了国王路易十四生活的历史场景；有面墙壁顶上矗立着一位穿着长袍的"法国"，拿着巨大的烛台。她像从一片云或一片残骸中出现，但她自己也差不多掉干净了，因为画作有好些地方还只打了草稿，画家的工作就被暴乱打断了——因而这些壁画就好像庞贝城的木乃伊，活生生被一阵石灰雨捕获，却又比别的一切死得更彻底。悬于房里的只剩下暴乱者的脚步与嘶吼，在这里，呼吸也变得急促，愈是感受到大革命爆发的突然与剧烈，每次喘息就愈近乎一次呃逆、一次痉挛。

　　隔壁的房间更为压抑。墙面上完全没有了旧体制的痕迹。地板很脏，石膏裸露，但革命的印记却通过满墙的炭笔涂鸦留存下来，曾经在这间房里

---

① Lebrun（1619—1690），法国著名画家，艺术风格近折衷主义，兼具巴洛克与古典主义特色，在卢浮宫、凡尔赛等宫廷、府邸均留下装饰画作品。

吃住的水手与工人们,决心用他们粗糙的语言,还有更加粗糙的图画,讲述这个一举推翻世界秩序的事件——他们用疲倦的双眼亲自看到的事件。我从来没有见过比这更为恼人的东西,也从没见过什么比它更富有人性。我待在原地,看着那些粗糙又笨拙的句子:泪水涌进眼眶。革命的激情缓缓漫上我的脑海,时而唤自己为"闪电",时而称自己作"恐慌"。列宁的名字反复出现在字里行间,字是黑色的,但看上去却像是血痕:这名字离奇地变了质,它有着阴性的形式:列诺娃(Lenova)!

我走出这间小室。我走进巨大的玻璃中堂,我心里明白,这地方随时可能爆炸:苏维埃政府决定把它夷为平地。我没能找到门的位置,我担心自己的性命,我只有一个人。一阵焦虑过后,我瞧见个可以通过的出口,类似开在玻璃墙中间的一扇窗。我爬上去,非常吃力地钻了出去。

我的四周一片荒芜,到处都是废弃的工厂、铁路桥和荒地。我等待爆炸把我刚才离开的巨大建筑一股脑儿掀个底朝天。我离开这里。我朝一座桥的方向走去。这时,有个警察开始追赶我,同时还追着一帮穿得破破烂烂的小孩:警察显然是来负责疏散爆炸地点周围的人群的。我边跑边大声告诉孩子们应该朝哪个方向跑。我们一起来到桥下。这时,我用俄语告诉孩子们:"到这儿就可以了。"(Zdies., mojno...)孩子们没答话,他们很兴奋。我们一同望着建筑,可以看出它正在崩塌(但我们听不到声音:爆炸掀起一片深色的烟尘,不是螺旋上升,而是笔直地冲上云霄,像被剃平的头发,透不出一丝光亮,一切都无可救药地昏暗下去,化为齑粉……)。这阵令人窒息的纷乱,既无荣耀,亦不伟大,只是徒然地消逝在即将入夜的冬日里。这一夜甚至没有结冰,没有下雪。

我醒了。

我躺着,傻傻发愣,好像被这个梦给掏空了。我恍惚地看着天花板,又透过窗牖,望见一片明媚的天空。我有了逃亡的感觉,仿佛这一夜我睡在铁路上,待在拥挤的车厢里。

渐渐地,发生过的事情一件件回归我的记忆。我跳下床。没有洗漱,直接穿好衣服,然后走上大街。已经八点了。

这一天开始得甚是愉快。阳光灿烂,我感受着早晨的清新。但我口气很重,这让我不好受。我其实并不在乎答案如何,但我还是好奇为什么这阳光的、这空气的与这生命的湍流要将我扔在兰布拉大街上。我对一切都很陌生,毫无疑问,我憔悴不堪。我想到屠夫在猪喉管上开的洞里冒出的血泡。当下我只有一个想法:随便吃点东西,止住生理恶心,然后刮干净胡子,洗把脸,梳好头发,最后走上街去,喝点新鲜红酒,漫步在洒满阳光的街头。我喝了一杯牛奶咖啡。我没敢回去。我让理发师帮我剃须。我依然装作自己不懂西班牙语。我用手势比划。当我离开理发师的双手,我重又爱上了生活。我回酒店以最快的速度刷好牙。我打算去巴达洛纳①游泳。我取了车,快九点钟时抵达巴达洛纳。海滩上空无一人。我在车里脱掉衣服,我没有在沙滩上躺下,我快步飞奔冲进大海。我游到一半停下,望着蓝色的天空。向着东北方向:那是多萝蒂亚的飞机出现的方向。我站在海里,水没过我的肚子。我看见自己浅黄的双腿浸在海水里,双脚没在沙中,上身、臂膀和脑袋都露在水面上。我不无自嘲地想看自己现在的模样,想看地面上(或海面上)这个几乎一丝不挂的、等着几小时后飞机从天

---

① Badalona,巴塞罗那东北部的卫星城市,临海。

尽头出现的人物到底是个什么样。我又游动起来。天空无边无际,纯粹极了,我在水里想要笑出声来。

5

我趴在沙滩中央,终于开始思索自己要拿格泽妮怎么办,她会是第一个抵达的。我想:我应该立马穿好衣服,事不宜迟,我应该开车到车站去等她。我没有忘记从昨晚开始格泽妮的到来为我摆出的难题,但每当想起这事,我就推脱说晚一点再解决。也许只有等到和她面对面那一刻我才能做出决定。我不打算再粗暴地待她了。有时候我对她确实像个混蛋。我并不后悔,只是想到要一直这么下去,我也觉得无法忍受。经过一个月,我已经走出了最糟的状态。我原本还以为,前一晚开始,噩梦又卷土重来了,但现在我觉得不是的,我觉得眼下是另一回事,甚至相信自己可以继续活下去。现在我已经能微笑面对了,无论是想起尸体,拉扎尔……还是曾经把我逼上绝路的一切。我又回到海里,躺倒后我不得不闭上眼睛,有一刻我感到嘟蒂的身体与这光,更与这热融在了一起,于是我像根木棍绷直身体。我起了唱歌的冲动。但对我而言没有什么是坚硬的。我觉得自己脆弱得像一声啼哭,就好像我不再悲惨的生命成了襁褓中渺小的存在。

对格泽妮唯一能做的就是去车站找她,然后开车把她送到旅馆。但我不能和她共进午餐。我找不出借口给她。我想打电话叫米歇尔来陪她吃午饭。我记起在巴黎的时候他们碰过几次面。虽然很疯狂,但这是唯一可行的办法了。我穿上衣服,从巴达洛纳打去电话。我怕米歇尔会不同意。但他在那头接起电话,他答应了。他和我说话。他已经彻底失了信心。他说话的口气像个垮掉的人。我问他是否怪我先前态度唐突。他不怪我。昨晚我离开的时候,他已经累得大脑一片空白。拉扎尔什么也没同他说。她甚至问了他我的近况。我觉得米歇尔举止太轻浮:一个正经的斗士怎么能在这样的日子和富家女去时髦的酒店共进午餐!我试着自己还原前一晚结束时发生的事情。我的猜想是,拉扎尔和米歇尔一道被自己的伙伴扫地出门了,半是因为他们是对加泰罗尼亚知之甚少的法国人,半是因为他们是对工人阶级知之甚少的知识分子。后来我才获悉,出于对拉扎尔的喜爱与敬重,朋友们一致赞同某个加泰罗尼亚人的提议，决定将身为外国人、对巴塞罗那工人斗争情况一无所知的拉扎尔隔离开去。他们应该也一并排除了米歇尔。最后，和拉扎尔联系的加泰罗尼亚无政府主义者们还是自己抱成一团，但他们也没有商量出结果：他们放弃了所有集体行动，只想第二天各自在屋顶上放几声暗枪。个人而言，我所求的不过一件事：米歇尔能和格泽妮吃午饭。另外我还希望他们能说好一起过夜，但目前米歇尔只要在一点前到酒店大堂就可以了，我们在电话里是这么约定的。

事后，我记起来，格泽妮常常一有机会就表达她的共产主义观点。我要告诉她我叫她来就是为了让她见证巴塞罗那的动乱，她会觉得我认为她有资格参与其中，并为之雀跃不已。她会和米歇尔聊得来的。尽管颇不靠谱，我对这个解决方案很是满意，我不再多想了。

时间过得飞快。我回到巴塞罗那，这座城市已不是寻常模样，咖啡馆的露天座椅统统收起，商店铁门也都半拉下来。我听见一声枪响，有个罢工者朝有轨电车的玻璃开了枪。城市里有一种诡异的热烈，时而转瞬即逝，时而又沉重不堪。路上几乎没有车了,到处都是武装警察。我明白汽车可能成为石块和子弹的目标。我为自己不属于罢工者那一边而烦恼,但我几乎不抱幻想了。这座城突然渴求着动乱,它的面貌因此惹人焦虑起来。

我放弃了回酒店的计划,直接去到车站。火车时刻目前没有变动。我瞥见有个车库门半开着,我把车停在里面。现在才十一点半。火车进站前,我还要打发半个多小时的时间。我找到一家还开门的咖啡馆,要了瓶白葡萄酒,喝起来却兴致索然。我想到前一晚做的革命的梦:睡着时我更聪明——或者说更有人样。我拿起一份加泰罗尼亚语报纸,但我不大懂加泰罗尼亚语。咖啡馆的氛围舒适惬意又令人沮丧。顾客很少,还有两三个人也在看报。无论如何,听见枪声时,主干道的凄惨模样给了我极大冲击。我意识到,在巴塞罗那,我置身事外,而在巴黎,我则身处其中。在巴黎,动乱发生的时候,我能和身边任何一个人交谈。

火车延误了。我不得不一趟趟往来于火车站,车站长得像我梦里的"机械陈列馆",我曾经在里面游荡。格泽妮的到来对我几乎算不上麻烦,但要是火车晚点太久,米歇尔在酒店可能会等得不耐烦。况且再过两小时嘟蒂也要来了,我会和她说话,她也同我说话,我会把她拥在怀里——不过这种种可能都是空想。波尔特沃[①]驶来的列车进站了,不一会儿格泽妮就出现在我眼前。她还没看见我。我望着她,她在收拾行李箱。我觉得她挺瘦小。她往肩上披了件大衣,可当她伸手去拎小行李箱和手提包时,大衣掉在了地上。低头去捡大衣的时候,她注意到我。我在站台上,我在笑她。她红了脸,见我笑了,也跟着笑出声来。我接过她从车厢窗户里递出来的小行李箱和大衣。她的笑无济于事,我面前的她像个入侵者,让我很陌生。我自问——我害怕——同样的事会不会落到嘟蒂头上。嘟蒂她也会让我觉得很遥远,况且嘟蒂对我而言还是捉摸不透的。格泽妮的微笑里带着忧虑——她不舒服,当她在我怀里蜷成一团,她的不适加重了。我亲吻她的头发与额头。我想要不是我正期待着嘟蒂,此刻我会是幸福的。

我决心先不告诉她我们之间的事情将以不同于她预期的方式发展下去。她看着我忧心忡忡。

---

① Port-Bou,西班牙边境小镇,前往南法的中转站。

她是很能打动人的:她不说话,只是望着我,她有那种不知一事却充满好奇的人的眼睛。我问她有没有听说巴塞罗那的事。她从法国的报纸上读到一些,但只有模糊的印象。

我柔声对她说:

"今天早上开始的总罢工,明天很可能会发生些什么……你是踩着动乱来的。"

她问我:

"你没生我气吧?"

我看着她,觉得自己表现得漫不经心。她像只小鸟般啁啾着,又问我:

"会发生共产主义革命么?"

"我们等下要和米歇尔·T……吃午饭,愿意的话,你可以和他谈谈共产主义。"

"真希望这儿能有一场真正的革命……我们要和米歇尔·T……吃饭?你看,我很累了。"

"总要先吃饭的……之后你再休息吧。现在,你在这儿等着,出租车都罢工了。我去把车子开来。"

我把她留在了原地。

这事说来复杂——故事说来荒唐。我厌恶自己和她相处时不得不扮演的角色。又一次,我被迫同她一道行动,就像我在病榻上时一样。我察觉到了,我来西班牙其实是为了逃离原来的生活,但我的尝试徒劳无功。我所逃避的事物追捕我,逮住我,然后勒令我重又做出疯狂的举动。我再不想这般行事,无论代价如何。尽管如此,只要嘟蒂一来,所有事情都会急转直下,万劫不复。我走得很快,迎向阳光,朝车库走去。天很热。我擦干脸上的汗。我羡慕那些有个上帝可以依靠的家伙……很快我剩下的大概就"只有眼泪可流"①。有人在打量我。我当时低着头。我抬起头,是个乞丐,三十来岁,脑袋上扎着头巾,绕过下巴打了个结,脸上戴着摩托车手那种巨大的黄色护目镜。他睁大眼睛盯了我好久。他的模样傲慢,在阳光下,又有种阳光的感觉。我自忖:"没准这是米歇尔,变了装!"这想法既幼稚又愚蠢。这个古怪的流浪汉从没和我见过面。

我从他身边走过,即刻我又掉过头。他愈发直白地盯着我。我努力想象他的生活。这生活里有某种不可抗拒的东西。我自己也可能变成乞丐。

---

① 原文为 les yeux pour pleurer, n'avoirque les yeux pour pleurer 是法语习语,字面意思为"只剩眼睛来流泪",代指一无所有、走投无路的绝望境地。

总之,他,他是个乞丐,始终都是,绝非其他,这便是他所逮到的命运。我逮到的那个,我,要愉快些。从车库回来的时候,我走了同一条路。他还在那里。再一次,他盯着我看。我缓缓开过去。我很难摆脱他。我也希望拥有他那种可怖的、阳光的面貌,而不是成天像个孩子,弄不清自己到底想要什么。接着我想到,我原本可以和格泽妮过上幸福的生活。

她一直站在进站口,行李堆在脚边。她没看见我的车,天空蓝得鲜艳,可发生的一切却让人觉得风雨欲来。格泽妮站在行李中间,垂头丧气,让人感觉她脚下的大地正在崩塌。我想,不出今天,就会轮到我了,到头来我脚下的地面也会坍塌,就像她现在一样。我走到她跟前,望着她,我没有笑,露出绝望的神色。见到我她吓了一跳,那一刻,她的神情里流露出她的痛苦。她借着走向汽车的工夫镇静下来。我去提来行李,其中还有一叠报纸,包括画报和《人道报》①。格泽妮是坐卧铺来巴塞罗那

---

① l'Humanité,《人道报》,法国日报,1920 至 1994 年间为法国共产党中央委员会的机关报。

的,但她却在读《人道报》!

事情进展得很快,我们一言不发,不一会儿就到达酒店。格泽妮打量这座城市的街道,这对她是头一次。她告诉我第一眼看来巴塞罗那是个挺漂亮的城市。我指给她看一栋大楼前聚集的罢工分子和突击警卫①。

她很快对我说:

"这可真吓人。"

米歇尔正在酒店大堂。他的殷勤里带着惯常的笨拙。显然,他对格泽妮很感兴趣。一见她便活络起来。她几乎没怎么听他说话,她上楼去了我为她准备的房间。

我对米歇尔解释说:

"现在,我得走了……你能不能告诉格泽妮一声,今晚之前我都不在巴塞罗那,我开车走,具体几点还不确定。"

米歇尔说我脸色很差。他自己也满脸疲态。我给格泽妮留了封短信。我告诉她,我身上发生的

---

① 突击警卫,西班牙语为 Guardias de Asalto,西班牙第二共和国时期成立,用以镇压城市暴动。

事情把我逼疯了,和她在一起时我犯了太多错,虽然我也一度有心改过,可昨晚过后这已经没了可能:我又如何能预料这些事情的发生?

我和米歇尔强调说:我对格泽妮的关心不掺杂个人原因,不过是她实在可怜;要扔下她孤零零一个,我觉得自己是个罪人。

我加快了脚步,生怕有人会弄坏我的车。没有人动它。十五分钟后,我抵达机场。我早到了一个小时。

6

我现在的状态就像只被链子拴住的狗,什么都看不见。我被困在时间里,困在此刻,困在血的脉动中,饱受折磨,像个刚被捆住、就要送命的人,拼了命想要挣脱绳索。我不再期待幸福,我到底期待什么我也想不清楚,多萝蒂亚的存在太过猛烈了。飞机即将到达的时候,希望一一被排除,我冷静下来。我等待嘟蒂,我等待多萝蒂亚如同人等待死亡。这个将死之人突然明白过来,一切都完了。虽然如此,即将发生的又毕竟是这世上唯一重要的事！我已经冷静下来,可在低空滑翔的飞机却降落得很突然。我加快脚步,我起先没看见多萝蒂亚。她跟在一个高个老人后面,开始我不敢确定是她。我靠近了些,她的脸庞带着病人的消瘦。她使不上力气,必须要人搀扶下来。她见到我了,但她不看我,只是低着头,任人扶着不动。

她对我说:

"等一下……"

我对她说:

"我抱你过去。"

她没回话,她由着我去,我抱起她。她瘦得只剩骨头。她明显很痛苦。她无力地靠在我怀里,淡漠得仿佛抱着她的是个苦力。我将她放在车里。她坐在车上,端详着我。她的微笑嘲讽又刻薄,是怀着敌意的笑。她和三个月前我所认识的那个喝起酒来似乎永不餍足的姑娘哪里还有共通之处。她的衣服是黄色的,硫黄色,与发色相同。长久以来,这幅画面始终萦绕在我心头,一具阳光的骷髅,骨头是硫黄色的,多萝蒂亚现在成了一块废料,生命好像把她抛弃了。

她柔声对我说:

"我们快点儿吧。我得在床上躺着,越快越好。"

她撑不下去了。

我问她为什么不在巴黎等我。

她好像没听见,但终于她回答:

"我不想再等了。"

她出神地看向前方。

酒店门前,我扶她下了车。她想自己走到电梯。我搀着她,我们走得很慢。房间里,我帮她脱去外衣。她低声和我交代该做的事。我得仔细别弄痛她,我给她她要的衣物。我为她脱衣服的时候,她裸露的身躯慢慢显露出来(她瘦弱的身子没那么纯洁了)我不禁露出不合时宜的微笑,她病着比较好些。

她带着某种安慰的语调说:

"我其实不难受了。我只是,一点儿力气都没有。"

我的嘴唇没有拂过她的身体,她也几乎没有看我,可是卧房里发生的事还是将我们连在了一起。

当她在床上躺下,头枕在枕头中央,她脸部的线条舒展开来,很快她又变得和从前一样美了。有一会儿,她端详着我,然后她转过脸去。

房间的百叶窗关着,但阳光还是透过缝隙漏了进来。房里很热。一个女仆走进门,拿来一桶冰块。多萝蒂亚要我把冰装进一个橡胶袋里,然后把冰袋放在她肚子上。

她告诉我:

"我就是这里疼。我这样敷着冰躺着就好。"

她又对我说:

"你昨天给我打电话的时候我出去了。我没有看上去病得那么重。"

她笑了,但她的笑容很刺人。

"我不得不坐三等舱去马赛。要不然我就得等到今晚才能走,不能更早了。"

"为什么?你钱不够了吗?"

"我得省着点坐飞机。"

"你是坐火车才不舒服的吗?"

"不。我已经病了有一个月了,旅途颠簸只是让我难受——我难受,太不好受了,整晚都是。但……"

她双手捧住我的头,然后转开脸对我说:

"这样受苦,我很幸福。"

说完这句话,她寻着我的双手又将我推开了。

可自从我认识她起,她从来没有这样和我说过话。

我站起身。我走进卫生间哭了出来。

我很快就回来了。我装出与她相对的冷漠。她的面部线条僵硬起来,仿佛她必须为自己的坦白报仇。

她有一股充满激情的恨的冲动,这冲动困住了她。

"要是我没病,我就不会来了。现在,我病了,我们会幸福的。我终于病了。

在她压抑的狂热里,她皱紧眉头,扭曲了面容。

她丑了下去。我清楚自己爱她身上的激烈动荡。我所爱的就是她身上的恨,我爱那恨意赋予她容貌的不期的、骇人的丑陋。

7

我请的医生让人通报他来了。我们睡着了。我醒来时,这间陌生的、半显昏暗的客房好像荒废了一般。多萝蒂亚和我同时醒了。见到我时她吓了一跳。我笔直地坐在扶手椅上,我努力回想自己在哪儿。我什么都不知道了。到晚上了吗?显然还是白天。电话在响,我接了起来。我请前台让医生上楼。

我在等诊察结束,我觉得很沉,还没睡醒。

多萝蒂亚得的是妇女病:虽然身体状况很差,但她很快就能康复。旅行让病情恶化,她本来不应该奔波的。医生还会再来。我送他到电梯口。临了我问他巴塞罗那现状如何:他告诉我两小时之前罢工已经全面展开,一切都瘫痪了,但城市还算平静。

这个男人无关紧要。可不知为何我傻笑着对他说:

"暴风雨之前的平静……"

他同我握了手,没答话就离开了,好像我是个没有教养的人。

放松下来的多萝蒂亚在梳头。她涂上口红。

她对我说:

"我好些了……你问医生什么了?"

"发生了大罢工,也许要爆发内战。"

"为什么是内战?"

"加泰罗尼亚人和西班牙人打。"

"内战?"

内战的念头让她恐慌。我又对她说:

"你应该照医生说的做……"

我不该这么快提起这件事的,有如一片阴云飘过,多萝蒂亚的脸色沉了下去。

"我何苦要康复呢?"她说。

死者之日

1

多萝蒂亚是五号到的。十月六号,晚上十点,我坐在她身边,她和我说了离开我之后她在维也纳做的事。

她进了一座教堂。

里面没有人,起先,她跪在石板上,接着她伏倒在地,伸开双臂交叠成十字。这举动对她毫无意义。她没有祈祷。她不明白自己为什么这么做,可是不过片刻,数声雷鸣就让她慌了神。她站起身,出了教堂,冒着瓢泼大雨跑走了。

她躲进一道门廊。她没戴帽子,浑身湿透。门廊下面,有个戴鸭舌帽的男孩,是很年轻的男孩子。

他想逗她笑。她心如死灰,笑不出来;她凑过身,吻了他。她抚上他。他也抚上她作为回应。她抵死放纵,她把他吓坏了。

和我说起这些的时候,她很放松。她告诉我:

"他就像个小弟弟,他散着潮湿味,我也是,可我当时又是那种状态,所以高潮的时候,他还怕得发抖。"

那一刻,我听着多萝蒂亚的话,把巴塞罗那忘了个干净。

我们听到不远处传来一声军号。多萝蒂亚顿了一下。她惊诧地聆听着。她又说下去,但很快,她彻底沉默了。持续的交火声响起。偃息片刻,枪声又继续下去。这阵瀑布般的弹雨突如其来,就在很近的地方。多萝蒂亚坐起身:她不害怕,但事情来得太粗暴又太残酷。我走到窗边。今夜不甚明亮,我看见人们拿着步枪,在兰布拉大街的树下尖叫狂奔。交火地点不是兰布拉大街,而是邻近的数条街巷,一根树枝被子弹打断掉在地上。

我对多萝蒂亚说:

"这回可糟了!"

"怎么了?"

"我不知道。大概是正规军在攻击其他人（其他人，指的是加泰罗尼亚人和巴塞罗那政府）。他们在费尔南多大街（Calle Fernando）开火了。就在旁边。"

一阵猛烈的交火激荡天地。

多萝蒂亚走到一扇窗边。我转过身。我朝她嚷道：

"你疯了。快去躺下！"

她穿着一套男式睡衣。头发散着，脚光着，脸色铁青。

她推开我，从窗户望出去。我指给她看地上折断的树枝。

她回到床上，脱掉上身的睡衣。她光着身子，朝四周摸索起来，她的样子像是发了疯。

我问她：

"你找什么呢？你一定得躺下。"

"我要换衣服。我要和你出去看看。"

"你昏头啦？"

"听着，这不是我能控制的。我要去看看。"

她似乎完全失控了。她暴躁、封闭，她自言自语，为某种狂热之情所刺激。

恰在此时,有人敲了门,拳头砸得门直晃。多萝蒂亚飞快地披上她刚才脱掉的上衣。

来的是格泽妮。(前一晚我和她摊了牌,把她留给了米歇尔。)格泽妮在发抖。我看一眼多萝蒂亚,我看出她神色里的挑衅。她一言不发,面色阴沉,她站着,胸膛袒露。

我粗鲁地冲格泽妮说:

"你该回你的房间去。没别的选择。"

多萝蒂亚打断我,但没看她:

"不。您要是愿意可以留下来。和我们一起。"

格泽妮僵在门口。枪声仍在继续。多萝蒂亚拉起我的袖子。她把我拽到房间另一头,在我耳边说:

"我有个可怕的想法,你懂吗?"

"什么想法?我已经糊涂了。干吗要让这女孩留下来?"

多萝蒂亚从我身前退后一步,她神色里带着狡黠,但与此同时,她显然快要垮了。接连不断的枪响让人头疼欲裂。她还在同我讲话,低着头,声音里带着威胁:

"你明白我是头野兽!"

另一个能把她的话听得清楚。

我快步走向格泽妮,央求道:

"马上走吧。"

格泽妮也在对我哀求。我回道:

"你知道如果你留下来会发生什么吗?"

多萝蒂亚瞪着她冷冷地笑了。我把格泽妮推向走廊,格泽妮反抗着,低声咒骂我。她打一开始就发了狂,而且我确信,她在性的欲念里失控了。我不停地推搡她,但她抵抗着。她开始像魔鬼一样尖叫。空气中充斥着何等暴戾,我拼尽全力猛地一推。格泽妮重重摔倒了,横倒在走廊中央。我锁上门。我已经昏了头。我是一头野兽,我也是,可与此同时,我浑身都在发抖。我想像多萝蒂亚会趁我和格泽妮纠缠时跳窗自杀。

2

多萝蒂亚精疲力竭,任我抱起她,也不说话。我让她躺下,她由着我如此,瘫在我怀里,敞着胸口。我回到窗边。我合起百叶窗。我惊惶地发现格泽妮跑出酒店。她飞奔着穿过兰布拉大街。对此我无能为力——我不能留多萝蒂亚一个人,一刻也不行。我看见格泽妮没有朝交火的方向跑,而是跑向了米歇尔住的地方,她消失了。

一夜动荡。无法入睡。渐渐地,战斗激化了。机关枪和大炮声也先后响起。从多萝蒂亚和我被困的酒店客房里听来,这声音或许会带上那么点伟大,但主要还是无意义的。有段时间我在房间里来回踱步。

夜半时分,趁着停火的间隙,我坐到床边。我对多萝蒂亚说:

"我不懂你为什么要进教堂。"

我们俩沉默了很久。她在打战,但没回话。

我问她为什么不说话。

她在做梦,她告诉我。

"那你梦到什么了?"

"我不知道。"

过一会儿,她说:

"如果我相信他不存在,我就能拜倒在他脚下。"

"你为什么要进教堂呢?"

她在床上翻过身去。

她又说:

"你该走了。现在最好让我一个人待着。"

"你喜欢的话,我可以出去。"

"你是想去求死……"

"怎么会?步枪杀不掉很多人的。你听:他们打了那么久。这不正好说明炮弹让大部分人都活了下来么。"

她只是顺着自己的想法继续说:

"这样错得少些。"

那一刻,她转向我。她面露讥讽地望着我:

"真希望你能丢掉脑袋①!"

我没有皱一下眉头。

3

第二天下午,巷战逐渐平息,但不时仍有激烈交火。停火间隙,格泽妮打电话到酒店大堂。她在听筒里大吼大叫。当时,多萝蒂亚还睡着。我下到大厅。拉扎尔也在那儿,正努力控制住格泽妮。格泽妮披头散发,蓬头垢面,看起来像个疯子。拉扎尔同往常一般坚定,也一般阴沉。

---

① Perdre la tête 在法语中的字面含义是"丢掉脑袋",常用来指人"昏了头""没了主意"。文中多处提到"昏了头",所用均是这一词组。

格泽妮挣脱拉扎尔,向我冲过来。好像她要扑上来掐我脖子。

她尖叫:

"你都做了什么?"

她额头上有个巨大的口子,挣裂的伤疤正在流血。

我捉住她两只手腕,使劲一扭,强迫她闭上了嘴。她在发热,她在发抖。

我抓着格泽妮的手腕,问拉扎尔发生了什么。

她告诉我:

"米歇尔刚被杀了,格泽妮认定是她的错。"

要稳住格泽妮非常吃力,听见拉扎尔的话,她又开始挣扎。她恶狠狠地张口要咬我的手。

拉扎尔帮我将她制住,稳住她的头。她在发抖,我也一样。

一段时间后,格泽妮安静下来。

在我们面前,她六神无主。

她哑着嗓子说:

"你为什么要这样对我?……你把我扔到地上……像头牲口……"

我抓着她的手,紧紧握住了它。

拉扎尔走去要一条湿毛巾。格泽妮接着说:

"……对……米歇尔……我真可怕……像你对我……是你的错……他爱我,他……这世上就他一个爱我……我对他做……你对我做的事……他昏头了……他要去送死……现在……米歇尔死了……太可怕了……"

拉扎尔把毛巾敷在她额头上。

我们各自一边把格泽妮搀回她卧室。她脚步发软。我哭了。我看到拉扎尔也开始哭泣。眼泪流过她的脸颊,她还是那样镇静,那样阴沉,看见她落泪实在骇人。我们让格泽妮躺在她房间的床上。

我对拉扎尔说:

"嘟蒂在这儿。我不能留她一个人。"

拉扎尔看着我,而此时此刻,我看出她再没有勇气蔑视我了。

她只说:

"我陪着格泽妮。"

我和拉扎尔握了手。我甚至一度把手留在她掌心,但我已经在想死掉的是米歇尔,不是我。接着我给格泽妮一个拥抱,我确实想过吻她,可这让我觉得自己变得虚伪,很快,我走了。她见我离开,一动不动开始啜泣。我走到走廊。受她影响,我也哭了。

4

我和多萝蒂亚在西班牙待到10月底。格泽妮同拉扎尔回法国去了。多萝蒂亚每天都在康复,午后她会和我出门晒太阳(我们搬进了一座渔村)。

10月末,我们没钱了。两个人谁都没了。多萝蒂亚得回德国去。我要把她送到法兰克福。

我们到特里尔①时是周日上午(11月1日)。银行得等到第二天才开门。下午断断续续下着雨,但我们不想闷在旅店里。我们在乡间漫步,一直走到临着摩泽尔②河谷的一片高地。天很冷,下起了雨。多萝蒂亚披着一件灰呢旅行大衣。风吹乱她的头发,雨打湿了她。出城的时候,我们向一个蓄着两撇大胡子、头戴瓜圆小礼帽的小个乡绅问路。他带着令人无措的盛情拉起多萝蒂亚的手。他把我们带到我们能找到路的街口。离开时他回过身

---

① Trèves,德国城市,位于摩泽尔河岸,邻近卢森堡,是马克思的诞生地。
② Moselle,德国境内的莱茵河支流,发源于法国,流经卢森堡,在德国科布伦茨汇入莱茵河。

来对我们微笑。多萝蒂亚看向他,也露出苦涩的笑容。因为压根没注意那小个子说了什么,不出几步,我们就走岔了。我们不得不在远离摩泽尔河的邻近山谷里走了很久。土地、洼路上的石子和裸露的岩石都是鲜艳的红色,随处可见树林、耕田与草地。我们穿过一片枯黄的林地。下雪了。我们碰上一队希特勒青年团团员,全是十到十五岁的孩子,穿着短裤和黑色绒面波蕾若外套①。他们走得很快,不看旁人,极聒噪地说着话。所有一切都是绝望的,彻底的绝望:一大片灰色天空正缓缓化成落雪。我们快步走着。我们要穿过高处的一片田地。新犁的沟垄排排铺开;我们头顶,风卷来无尽的飞雪。我们四周,苍茫无垠。多萝蒂亚和我在小路上加紧了脚步,寒冷刺痛面颊,我们失掉了活着的感觉。

我们走进一家屋顶有尖塔的餐厅,室内很暖和,但弥散着 11 月浑浊的光。不少富裕的家庭正在用餐。多萝蒂亚嘴唇惨白,脸冻得通红,一言不发,她在吃一块她喜欢的蛋糕。她依旧很美,但她的脸庞却逐渐模糊了,模糊在光里,模糊在天灰色中。走下高地的时候,我们没费什么力气就找到了

---

① Boléro,一种短款外套。

正确的路,短短一条,弯弯曲曲穿过树林。雪停了,或者几乎停了。雪过无痕。我们走得很快,不时会打滑或摔倒,夜幕降临。更低一些的地方,微弱的光里,显出特里尔城的模样。它卧在摩泽尔河对岸,数个高大的四方钟楼格外突出。渐渐地,夜色里,我们看不见那些钟楼了。经过林间一片开阔地,我们看见一座房屋,不高,但很宽敞,掩映在藤架缠绕的花园中。多萝蒂亚和我说要把房子买下来,她和我一起住。我们之间只剩下充满敌意的幻灭。我们感觉到了,我们对彼此都算不了什么,至少从我们停止焦虑的那一刻起就已经是了。我们急匆匆去找一间旅店客房,这个小镇我们前一晚还一无所知。黑暗中,我们不时彼此探寻。我们互相凝视,目光对着目光,并非毫无恐惧。我们俩一个连着另一个,但我们之间已经没有了哪怕最渺小的希望。某个街道转角,我们身下冒出一片虚空。很奇怪,我们脚下的空洞无边无际,恰如我们头顶的星空。无数微小的光点,摇曳在风中,于午夜时分揭开一场静谧的、不可言喻的庆典。这些星辰,这些蜡烛,成百上千,在地上燃烧,照亮地面上成列排开的坟墓。我把多萝蒂亚拥在怀里。我们为这死亡之星的深渊而蛊惑。多萝蒂亚倾向我。她和我久久地唇齿相交。她搂住我,狠狠抱紧我,许久以来,这是她头一次恣肆纵情。我们急不可待地,离开小路,向着田地,走出属于爱人的十步。我们依旧在坟墓上方。多萝蒂亚敞开自己,我解下她的衣衫,直到她的性器。她也褪下我的。我们倒在松软的泥土上,我楔入她潮湿的身体,像操纵精巧的耕犁楔入土地。她身下的大地张开,像一座坟墓,她袒露的小腹向我张开,像一座新坟。在星光闪烁的坟地上做爱,惊愕冲击着我们。每一点光芒都昭示着坟墓里的一具骸骨,它们就这样汇成一片摇曳明灭的星空,激荡不安,仿佛我们交叠的躯体的动作。天很冷,我的手陷进土里,我解开多萝蒂亚的搭扣,粘在指尖的新鲜泥土弄脏了她的亵衣与胸膛。衣服里露出的,她的胸脯,是一片月光白。我们不时放开彼此,任由自己在寒冷中颤抖,我们的身躯打战,像两排牙齿,彼此碰撞。

风吹过树冠发出粗野的呼号。我颠来倒去对多萝蒂亚说话,我颠来倒去,我粗野地说:

"……我的骸骨……你冻得发抖……你牙齿打战……"

我停下来,我栖在她身上没有动作,我喘着粗气,像条狗。突然间我抓紧她赤裸的腰。我压下全身的重量。她发出可怕的尖叫。我花掉全身力气咬紧牙齿。这时,我们顺着地面的斜坡滑了下去。

更低处有一块悬在崖边的岩石,要是我没有一脚止住滑动,我们就会跌进深夜里,而我会不无欣喜地相信我们将跌进天空的虚无中。

我必须竭尽全力才将长裤提好。我站起来。嘟蒂还躺在地上,后身赤裸。她很艰难地起身,她捉住我一只手。她吻了我光着的腹部:泥土粘在我毛发浓密的腿上:她帮我刮掉土块。她挂在我身上。她撩拨起狡猾的小动作,下流的、疯狂的动作。起先她把我弄倒在地。我好不容易重又站起来,我帮她站好。我帮她穿好衣服,但这很不容易,我们身上、衣服上都是土。土壤同裸露的肉体一样刺激着我们;嘟蒂的下体刚覆上衣物,我就迫不及待想重新把它脱光。

回去的时候,离开墓地,小镇上街巷清冷。我们穿过一个街区,尽是低矮的房屋与隔着花园的老宅。有个小男孩路过,他一脸诧异地盯着嘟蒂。她让我想起在泥泞战壕里打仗的士兵,但我满心只想和她到温暖的房间里去,对着灯光脱下她的裙子。小男孩停下来要把我们看仔细。高个儿嘟蒂伸下脑袋对他做了个吓人的鬼脸。那个富裕又丑陋的小男孩跑不见了。

我想到小卡尔·马克思和他成年后蓄起的胡子——他现在躺在地底下,离伦敦不远,马克思肯定也曾经在特里尔荒无人烟的街道上奔跑过,当他还是个男孩的时候。

5

第二天,我们要去科布伦茨①。我们从科布伦茨乘火车到法兰克福,我会在那里与多萝蒂亚分别。我们沿莱茵河而上,旅途中,下起一阵细雨。莱茵河畔灰蒙蒙的,但寸草不生,格外荒凉。火车时而沿着一片墓地前行,墓碑淹没在成片的白色花丛中。天色渐暗,我们看见墓碑十字架上点亮的烛光。几小时之后我们就要分别。八点钟,多萝蒂亚

---

① Coblenz,德国城市,在摩泽尔河与莱茵河汇流处。

会在法兰克福乘车南去；几分钟后，我也会坐车去巴黎。驶过宾格布鲁克（Bingerbrück），夜幕降临。

包厢里只有我们。多萝蒂亚靠近我，和我说话。她的声音近乎稚气。她很用力地搂紧我一侧手臂，她对我说：

"马上要打仗了，是吗？"

我轻声答：

"我不知道。"

"真希望我知道。你知道有时候我会怎么想，我想战争来了。所以，我要对一个人宣布：战争开始了。我去见他，但他应该毫无准备，他脸色发白。"

"然后呢？"

"就这样。"

我问她：

"你怎么想起战争来了？"

"我不知道。如果打仗了，你，你会怕么？"

"不会。"

她靠得更紧，把发烫的额头贴在我脖子上：

"听着，亨利……我知道自己是个怪物，但有时候，我希望战争爆发……"

"为什么不呢？"

"你也是,你也希望? 你会被杀的,不是么?"

"你怎么想起战争来了? 是因为昨天么?"

"是的,都是那些坟墓。"

多萝蒂亚久久地搂着我。前一晚让我筋疲力尽。我犯起迷糊来。

见我快睡着了,多萝蒂亚为了让我保持清醒,轻抚着我,小心翼翼,动作几乎不可察觉。她接着柔声说:

"知道吗,我告诉他要打仗了的那个人……"

"嗯。"

"他模样很像那个留胡子的小个子,就是下雨天抓我手的那个:人很和善,有好多小孩……"

"孩子呢?"

"都死了。"

"被杀的?"

"对,每一次,我都去看那个小个儿男人。很荒唐,对吧?"

"是你告诉他孩子的死讯的?"

"是的。每次他一见我就脸色发白。我穿着黑裙子到来,然后,你知道,我离开的时候……"

"接着说。"

"我落脚的地方就有一摊血。"

"那你呢?"

她呼一口气,像一声哀叹,仿佛她突然恳求起来:

"我爱你……"

她鲜润的唇贴上我的。我陷入难以承受的欢愉。当她的舌纠缠我的舌,竟是这等美妙,我甘愿就死在这一刻。

嘟蒂已经脱去了大衣,她靠在我怀里,穿一条真丝长裙,颜色鲜红,万字旗的红色。裙子下面她的身子光着。她散发出潮湿的泥土的味道。我离开她,半是出于瞬间的躁动(我想走动一下),半是为了到车厢另一头去。过道里,我两次撞上同一个冲锋队军官①,他很英俊、很高大。他有双瓷蓝色的眸子,尽管车厢里很明亮,这双眼睛依旧云雾迷离,仿佛他自己听到了瓦尔基里女武神的召唤,不过大概他的耳朵还是对军号更加敏感。我停在包厢门口。嘟蒂把灯光调暗了些。微弱的幽光里,她立着,一动不动,她让我害怕;尽管昏暗,我还是看见她身后一望无际的平原。嘟蒂看着我,但她本人也

---

① S.A.,德语 Sturmabteilung 的缩写,1921 年成立的纳粹党武装组织。

神情恍惚,迷失在可怖的梦境中。我走到她跟前,我看见她哭了。我把她拥进怀里,她不愿我碰她的唇。我问她为何哭泣。

我想:
"我对她知道得太少了。"
她答:
"不为什么。"
她号啕大哭。

我紧紧搂住她,安抚着她。我自己也快哽咽了。我本想弄清她为何哭泣,可她不再开口了。在我眼中,她还是我回包厢时那个模样,她站在我面前,美如魅影。再一次,我为之恐慌。再过几小时她就会离我而去,这个念头让我陷入焦虑之中,我猛然想起:她欲壑难填,肯定是活不成的。她活不下去了。在我脚下,车轮驶过铁轨发出响声,车轮碾压而过,被碾碎的血肉发出噼啪的破裂声。

6

最后几小时转眼过去了。在法兰克福,我想找间酒店,她拒绝了。我们一起用了晚餐,想要挨下去,唯一的方法只有找事来做。站台上的最后几分钟实在难以忍受。我没有勇气离开。几天后我还要和她碰面,但我着了魔,我觉得在那之前,她就会死掉。她随火车一起消失了。

我孤零零地待在站台上。外面大雨倾盆。我哭着离开。我艰难地走着。我的嘴里残存着嘟蒂双唇的味道,某种难以言明的滋味,我盯着一名铁路公司员工。他从我身前走过,面对他的时候我很难受。为什么他与我本可拥吻的女人毫无共同之处呢?他也有两只眼睛,一张嘴巴,一个屁股。这张嘴让我反胃。我真想给他一巴掌,他看起来像个发福的中产阶级。我问他怎么去卫生间(我原本应该尽快跑过去的)。我甚至还没有擦掉眼泪。他用德语给我指路,理解起来很难。我走到大厅另一头,听见一阵极其猛烈的音乐声,尖锐刺耳,不堪忍受。我一直在哭。从车站门口,我远远看见,宽阔的广场那头,有一家灯火通明的剧院,剧院台阶上有一队服装统一的表演者——那声音简直妙不可言,它撕扯耳膜,别有一种兴高采烈。我惊得目瞪口呆,一时间竟止住了哭声。我断了去卫生间的念头。大雨中,我跑过空旷的广场,躲进了剧院的挡雨廊。

我面前是一群孩子,排成军列队,一动不动,站在剧院前的台阶上;所有人都穿着黑色灯芯绒短裤和配有饰带的短上装,他们光着脑袋;右侧的在吹短笛,左侧的在打小军鼓。

他们演奏得甚是凶猛,节奏又过于粗暴,面对面我竟觉得喘不上气来。再没什么能比敲动的军鼓更生硬,也再没什么能比笛声更尖锐。这群纳粹儿童(其中有些是金色头发,面容像洋娃娃)对着零星的路人演奏,在夜里,在大雨中,在空旷的广场前,像一根根僵硬的木棍,为灭顶之灾的狂喜而入了魔:队伍最前面,领头的,是个瘦到脱形的小鬼,长了张凶恶的鱼脸(他不时回过身去发号施令,他在嚎叫),正拿根顶长的指挥棒打着节拍。他下流地立起指挥棒,棒底的圆形球托正停在小腹上方(指挥棒便如同一根巨型的猴子的阳具,装点上五彩细绳制成的饰带);他像个无耻的混蛋猛一发力,又将圆球举到嘴边的位置。从肚子到嘴巴,从嘴巴到肚子,每次间断的骤然往来,都伴随着一阵密集的鼓声。这场演出不堪入目。它如此骇人:若不是我有着常人罕见的沉着,要我如何才能站在原地看着这群仇恨机器,泰然仿若面对一堵石墙。黑夜里,每一次音乐的爆发,都是一句诅咒,在召唤战争和杀戮。军鼓的每一声击打都冲向顶点,渴望最终释放于血腥的炮火齐鸣:我看见远方……一群孩子列队出现在战场。但他们原地不动,可他们像被附了身。我见到他们,就在我不远处,为向死的欲望而蛊惑。沉浸在关于无尽旷野的幻想里,想象着有朝一日,他们会在那里前行,大笑着,迎向太阳:身后只留下奄奄一息的伤者与尸骸。

这高涨的杀戮的狂潮,远比生命来得更尖锐(因为生命不比死亡会因鲜血而这般炫目闪亮)。在它面前,唯一与之相对的只剩平凡的琐事,还有老妇人可笑的祈祷。万事都将覆灭于战火,这硝烟交织着火光与轰鸣,如硫火般惨白,压得人喘不过气来。歇斯底里的情绪让我头昏脑胀:当我发现自己面对这场浩劫,我内心生出黑色的讽刺,在每一个让人忍不住嘶吼的当口,与抽搐痉挛如影随形。音乐停了,雨停了。我缓缓走回车站,火车已经组装完毕。我沿着站台,行走片刻,然后钻进一节车厢;火车即刻出发了。

1935 年 5 月

译后记

毫无疑问,《天空之蓝》是一本非常之书,可能用"失常"一词更为准确。小说注定了要将与之相遇的每一位读者推入深渊:为狂怒所裹挟的主人公,悖于伦常的越界行为,人与人之间赤裸的、暴力的权力关系。整个故事就仿佛一场缓慢而绝望的自我毁灭,义无反顾地向着它唯一命定的结局而去。

初读小说,这种异常的冲击迫使我手忙脚乱地为一切找个合理的解释。于是,一种政治的解读便显得顺理成章。小说结稿于 1935 年,正值西班牙内战与第二次世界大战前夕。次年,巴塔耶与布勒东共同发起知识分子抵抗运动"反击"(Contre—Attaque),批判资本主义、支持阶级斗争。巴塔耶自己也在 1957 年写就的小说前言中承认,"《天空之蓝》中种种骇人的异常之举都源于当时撕扯我的苦难"。除去创作背景强烈的政治色彩,小说本身也洋溢着浓厚的历史氛围。巴塔耶首先在作品中构建出了一个无限逼真的时空体:无论是真实存在的咖啡馆、餐馆及旅店,还是真实发生的刺杀、暴动与革命,都将故事置于具体的历史背景之中。至于人物,巴塔耶也多少在字里行间点明了他们的政治隐喻:《天空之蓝》三位主要女性角色中,富有、傲慢而疯狂的嘟蒂身着万字旗红长裙;难看、邋遢而阴沉的拉扎尔办有共产主义月刊(评论普遍认为她是以西蒙娜·韦伊为原型的);天真温顺的格泽妮生活优渥,却也不忘在火车卧铺上读一份最新的《人道报》。至于纠缠于三人之间的主人公托普曼,则影射了法国知识分子阶层,在动荡的时局与波涛暗涌的政治势力面前,茫然无措的精神状态。

的确,《天空之蓝》包含着关于20世纪30年代法国左派知识分子的政治寓言,但作品中某种异乎寻常的"真实感",又无时无刻不拒斥将故事里的人与事等同于承载着多重所指的符号。这种"真实感",尤其源于巴塔耶对小说人物的生理反应种种不厌其烦的描写,呕吐过后鼻腔里的酸痛、面对面的情人口中的酒臭味,甚至是酒后失禁,内脏发出的舒缓声……这些细节刺激着人的感官,让人时刻感觉到一个个"真实"的人——倒不是说他们真的存在,而是他们有着与常人无异的生理机能,他们极端的失常里竟包含着某种极端寻常的生物本能。

如此一来,整部小说便形成了极度的历史真实与极度的生物真实分庭抗礼的局面。《天空之蓝》既指向社会(革命与战争),又指向个体(肉体与心灵)。更有甚者,在两者的拉锯中,巴塔耶不断地用后者冲击前者,用后者解构前者。主人公托普曼说,就算战争真的爆发,也不过是对他"脑中所想之事的回应"。个体的、非理性的本能侵蚀着对社会的理性认知——或许小说真正可怕之处,莫过于直白地揭露出这种"因果颠倒",莫过于西班牙暴乱中,托普曼突然意识到,他对革命的渴望背后,其实掺杂着种种个人情感与一时冲动。

了解巴塔耶思想的人,或许会从小说中看到他理论的影子。如果我们将作品里隐含的战争威胁看做既存社会秩序崩溃的先兆(正如巴塔耶原本为小说所选的标题"噩兆"所示),那么,主人公托普曼在战争阴霾下的种种举动——无论滥交、酗酒,还是投身革命,本质上都是对既有禁忌与界限的侵犯。在死亡的压迫与彻底的绝望面前,托普曼屈从于本应抗拒的动物性冲动,通过越界实现了对动物性的回归。这与巴塔耶在《色情史》中关于"国王之死"的描述不无相似之处,只不过在这里,政治的、社会的运动似乎也被纳入了动物性范畴,成为与醉生梦死、声色犬马性质相同的暴力毁灭性活动。也许,巴塔耶确实想以《天空之蓝》为自己的思想做一番独特的论证。正因如此,他才会别有用心地将这部叙事作品如论文一般,分为引言、第一、第二部分三大板块。

以上林林总总,便是我对巴塔耶小说一些浅显的理解,而我的翻译就建立在这个基础之上。一如巴塔耶在前言中所写,这是个在狂怒(rage)下写就的故事:通篇多为简单句式,用词不生僻,全文读来并不困难。但激动之人说话,又难免在段落、词句之间,发生逻辑断裂,让句意变得模糊。到了翻译中,这种矛盾便直接导致了选词的困难。一句话,五六字,其中的核心词汇在中文里有若干不同含义,却很难从上下文里推出该选哪一种。似乎每个解释都说得通,但每一种又都只涵盖了原词的一部分。这种情况在翻译中比比皆是。巴塔耶要在最短的句子里充分利用每个词的所有含义。然而,语言的差别、译者水平的限制,又让我有时很难在译文里找到同样简练、有效的表达。最终,我所能做的,也只是自圆其说,在尽量忠实于原文内容的基础上,让译文达到自洽,并努力还原出原文这种"狂怒"写作所体现的行文风格。为此,我参考了七星文库(Pléiade)系列中,让-弗朗索瓦·路艾特(Jean—François Louette)主编的巴塔耶卷里对《天空之蓝》所做的注解,也对比过帕拉丁出版社(Paladin Books)由哈利·马修斯(Harry Mathews)翻译的英文译本——后者虽然与我的理解不尽相同,但也给予了我不少启发。我衷心感谢那些在翻译过程中给予我帮助的人,尤其是勒克莱齐奥先生与我就小说片段的讨论,以及赵天舒在参考书目上给我的建议。至于有些实在难以两全的情况,我便用注释将原文的多重含义一一写清。方法固然笨拙,但或许能对读者理解作品有所帮助。

与标题相反,《天空之蓝》绝不是一本赏心悦目之书,翻译过程如此,阅读体验亦是如此。它更像一根利刺,一声巨响,强迫读者接受小说中种种异常的存在,阻止他们,如我一般,急于在某种政治的、历史的抑或神话的解读中一劳永逸,为这些非理性之举找到一个理性依托,而要他们直面越界行为的恐慌与不安。执着于欲望与死亡的巴塔耶显然不允许任何合理化的可能弱化《天空之蓝》中不可理喻的、粗暴的直白。但这种对动物性的"高级回归"是否就是出路?小说中托普曼所遭遇的困境,到底是源于人性本身的必然,还是自我意识过剩下,纳西索斯式的自怜?这一切,或许就只有留待每位读者自己从文中去寻找答案了。

2017 年 8 月 10 日
于法国巴黎

图书在版编目(CIP)数据

天空之蓝 / (法)乔治·巴塔耶(Georges Bataille)
著;施雪莹译.—南京:南京大学出版社,2017.10(2020.4 重印)
(棱镜精装人文译丛/张一兵,周宪主编)
ISBN 978-7-305-19018-6

Ⅰ.①天… Ⅱ.①乔…②施… Ⅲ.①中篇小说-法
国-现代 Ⅳ.①I565.45

中国版本图书馆 CIP 数据核字(2017)第 168910 号

出版发行	南京大学出版社
社　　址	南京市汉口路 22 号　　邮　编 210093
出 版 人	金鑫荣
丛 书 名	棱镜精装人文译丛
书　　名	**天空之蓝**
著　　者	(法)乔治·巴塔耶
译　　者	施雪莹
责任编辑	沈卫娟
照　　排	南京紫藤制版印务中心
印　　刷	江苏苏中印刷有限公司
开　　本	787mm×1092mm　1/32　印张 6　字数 80 千
版　　次	2017 年 10 月第 1 版　2020 年 4 月第 2 次印刷
ISBN	978-7-305-19018-6
定　　价	32.00 元
网　　址	http://www.njupco.com
官方微博	http://weibo.com/njupco
官方微信	njupress
销售咨询	(025)83594756

* 版权所有,侵权必究
* 凡购买南大版图书,如有印装质量问题,请与所购
　图书销售部门联系调换